LAMPIÃO

CORPO FECHADO

Ivonaldo Guedes

2ª EDIÇÃO

Campina Grande

2014

Contato do autor

contato@naldoguedes.com

Ivonaldo Guedes

LAMPIÃO

CORPO FECHADO

———

EDITORA GUEDES

PARA MEUS FILHOS

Louise

e

Ivonaldo Filho

E À MEMÓRIA DE MINHA MÃE

Yolanda Ferreira Guedes

ÍNDICE

A QUERMESSE

20 DE JULHO DE 1994, QUARTA-FEIRA

Em Campina Grande

Passava das oito horas da noite. Fazia muito frio em Campina Grande, cidade do interior da Paraíba. Estávamos pronto para entrar em ação. Os "cangaceiros" aguardavam o sinal para invadir o local e mostrar do que eram capazes. Oito e vinte, precisamente, ouvimos os estrondos de bombas que pareciam tiros. Era o sinal que esperávamos: o "bando" invadiu o pátio em frente à igreja do Sagrado Coração de Jesus. Eu, de arma cruzada, gritei:

— O que tá havendo por aqui?

— São os macacos do governo seu Capitão! — respondeu um dos cangaceiros.

— Procura! E se encontrá, mata! — ordenei.

Um dos "cangaceiros", após procurar um pouco voltou e disse:

— Ô seu capitão! Eu acho que eles já foram embora!

— Você Procurou direitin? — perguntei.

— Procurei inté debaixo das saias das moças, seu Capitão.

Quando o "cangaceiro" disse aquilo, ele arrancou risadas de todos que estavam por perto.

— Isso é um bando de macaco froxo! — falei em voz alta, para que todos pudessem ouvir.

— São froxo mesmo seu Capitão! — gritaram todos os "cangaceiros" mais alto ainda.

Neste momento os componentes se afastaram e formaram um círculo. Adiantando-me um pouco, fiquei em posição de destaque e falei em voz alta, quase gritando:

— Pois muito bem! Em comemoração a vitória do bando de Lampião e a froxura dos macacos do governo, vamos mostrá prá esse pessoal como é que se dança o xaxado.

— Vamos! — gritaram todos os outros componentes do grupo, levantando suas armar para o alto.

Parei em frente ao sanfoneiro e perguntei:

— Ô sanfonêro! Tu sabe tocá Muié Rendêra ?

— Sei sim senhô, seu Capitão.

— Então toque direitin, senão eu dou um tiro no fucin. — Com um movimento bem ensaiado, o conjunto musical começou a tocar a música Mulher Rendeira e o Balé Popular da Paraíba iniciou mais uma apresentação da dança do xaxado (o Balé Popular da Paraíba é um Grupo de dança, que apresenta espetáculos de danças folclóricas). Eu era o presidente do Balé e nas apresentações do xaxado, representava o cangaceiro Lampião.

Mesmo enquanto estava dançando, eu não perdia o controle dos dançarinos nem dos músicos.

Sem motivo aparente, naquela noite, o Balé Popular da Paraíba fez uma de suas melhores apresentações e, segundo declarações dos componentes, o meu desempenho na representação do Rei do Cangaço foi acima do normal.

A apresentação foi na frente à igreja matriz da Paróquia do Sagrado Coração de Jesus ou Paróquia do Catolé, como é mais conhecida. Fomos convidados pelo padre Acírio, que na época era o pároco e gostava muito de danças folclóricas.

O Balé Popular da Paraíba foi animar a festa que estava acontecendo toda as noites na frente da igreja. O padre tinha montado uma quermesse. Eu, na época, fazia parte do Encontro de Casais com Cristo, o ECC, e juntamente com outros casais, tínhamos a grata satisfação de ajudar o pároco nas suas atividades.

Na frente da Igreja havia uma pequena calçada, seguida por uma área livre razoavelmente grande, antes de chegar à rua, foi nela a nossa apresentação. Como em toda quermesse que se preze, havia várias barracas com bebidas e comidas típicas montadas na rua, que foi interditada pela prefeitura durante o período da quermesse.

Estávamos todos dentro de igreja comemorando o sucesso da apresentação, quando fui chamado pelo companheiro Manoel Messias, que dançava representando o cangaceiro Sabino:

— Tenente, tem um senhor aí querendo vê-lo.

Eu era policial e estava no posto de tenente na Polícia Militar da Paraíba.

O barulho da música do carro de som, contratado pelo padre, não deixou que eu entendesse o que Manoel Messias tinha dito, então perguntei falei ainda como Lampião, só por brincadeira.

— Diga Sabino, deixe de agonia cabra! —

— Um homem disse que quer falar com o senhor.

— Já vou — falei desta vez de maneira normal.

Saímos todos para participar da festa vestidos como cangaceiros. Era normal que aparecesse algumas pessoas interessadas em contratar o grupo depois de nossas apresentações, ou mesmo tirar algumas fotos. Ao sairmos da sala da igreja, que foi improvisada como camarim, fomos cercados por várias pessoas querendo tirar fotos para guardar de lembrança. O que provocava tamanho assédio das pessoas era as nossas roupas, elas eram praticamente idênticas às que os cangaceiros usavam: camisas e calças cáqui; alpercatas e perneiras de couro; bornais enfeitados; lenços coloridos; chapéu de couro quebrado na frente com vários enfeites; cartucheiras carregadas de balas de enfeites, muito parecidas com munição real; punhais verdadeiros, com aproximadamente trinta a quarenta centímetros de comprimento e muitos anéis nos dedos. Eu tinha no meu chapéu três estrelas iguais às usadas pelo Rei do Cangaço e usava também uns óculos redondos de aro dourado. Tudo isso provocava uma curiosidade muito grande nas pessoas, que não perdiam a oportunidade de tirar fotos junto com os "cangaceiros". Todos queriam levar recordação da Paraíba: a terra do xaxado. Logo, não me causou surpresa que alguém quisesse conversar comigo após a apresentação.

Manoel Messias me levou ate o local onde estava a pessoa que me procurava. Ao chegar, fui apresentado a um senhor de aproximadamente setenta anos de idade, muito bem vestido com um terno cinza. Tinha cabelos e bigode grisalhos. O Bigode chamava atenção por ser um pouco grande para o seu rosto.

— Tenente, este é o senhor... — Manoel Messias tentava lembrar o nome do homem.

— Francisco, Francisco Motta! — estendeu a mão para eu apertar e disse — Bela apresentação tenente Ivonaldo ou devo chamá-lo de Lampião.

— Chame como quiser, mas Ivonaldo fica melhor — respondi no meio de um sorriso.

— Vou deixá-los à vontade — disse Messias saindo para participar da festa com os demais componentes.

— Senhor Ivonaldo, tem outra pessoa que gostaria de conhecê-lo.

— Pois não, com todo prazer.

Passamos por toda a festa e fomos para uma barraca que ficava já próximo à rua Vigário Calixto. Por ser uma das últimas barracas da festa, só duas mesas estavam sendo ocupadas. Em uma das mesas estava um casal de namorados, em outra, e para a qual nos dirigíamos, estavam mais dois senhores, também de idade bastante avançada e vestindo também ternos cinza. Quando chegou à mesa, o meu guia grisalho disse:

— José, este é o jovem que o senhor quer conhecer.

O que aparentava ser o mais velho dos três levantou-se com certa dificuldade e escorou-se em uma bengala de madeira muito bem trabalhada. Estava também de terno cinza, com camisa branca e gravata preta e estava de óculos escuros mesmo sendo noite. Ao apertar minha mão ele botou tanta força, que percebi ser um esforço demasiado para a sua idade e, encarando-me, disse:

— Muito prazê. Eu me chamo José Justino Ferreira. Nunca tinha visto uma apresentação de xaxado tão bonita e tão... Autêntica!

— Isso é bondade sua! — fiquei encabulado com o elogio

— Você é realmente tenente de Polícia — o velho perguntou soltando a minha mão devagar.

— Sou sim. Sou 1º Tenente — intrigado, perguntei: — Como o senhor sabe?

— Ora, parece que todos que estão nesta festa conhecem o senhô. Foi só perguntá ao primêro que passo, que já me deram toda sua ficha.

Ele tinha razão, era o bairro onde eu morava e quase todos me conheciam.

De uma hora para outra, o velho ficou sério é perguntou:

— Tenente, o seu nome é Guedes? Ivonaldo Guedes?

— É sim senhor.

— De onde veio esse sobrenome... Guedes? — o velho perguntava como quem estivesse realmente interessado em me conhecer e aquilo me intrigava, mas respondi:

— Minha família é de Teixeira, interior daqui da Paraíba.

— Sabia que o senhô pode ser parente do sargento Guedes que perseguiu os cangaceiros durante muito tempo?

O velho fez aquela pergunta e ficou com uma ansiedade que era percebida por todos que estavam por perto:

— Posso ser, não! Eu sou realmente parente do então sargento Guedes. — enquanto eu dizia aquilo, os três senhores não mexiam nem um músculo sequer, ate pareciam que eram de cera, e eu continuei:

— Eu sou de uma família de militares: meu pai, meu irmão, meus tios, meus primos e até meus cunhados são todos da Polícia Militar há várias gerações.

No meio de um sorriso por entre os dentes, o velhote de bengala disse:

— Então, esta foi a primeira vez que eu vi um macaco dançar xaxado.

Para mostrar descontração dei uma risada e falei:

— Prá o senhor ver aonde nós chegamos.

— Há sim! Eu já ia me esquecendo! — o velhote colocou sua bengala um pouco a frente do corpo, chagou ainda mais perto de mim e como quem conta um segredo, disse:

— Uma última pergunta: o senhor é Maçom?

— Sou sim senhor — respondi.

Eles entraram em um assunto que eu não gostava de conversava com estranhos. Apertando as mãos dos três senhores, finalizei — Eu vou organizar meu "bando" e recolher as roupas. Foi um prazer conhecer os senhores. Com licença! Saí da presença deles e fui até onde estava o restante do grupo.

Depois de organizar doto o material, dei por encerrada mais um apresentação do Balé Popular da Paraíba e fui para casa.

Quando me deitei, as palavras daqueles senhores ficaram ressoando em minha cabeça. Eu não desconfiei, mas depois aquele encontro, algo de extraordinário iria acontecer e mudaria a minha vida.

O ENCONTRO

21 DE JULHO DE 1994, QUINTA-FEIRA

Campina Grande, a segunda maior cidade da Paraíba, fica no alto do planalto da Borborema a 130 quilômetros da capital do Estado. Eu tocava minha vida trabalhando no quartel do 2° Batalhão de Polícia Militar, como Bombeiro, que é a minha especialidade dentro da Polícia Militar.

Naquela quinta-feira estava fazendo bastante frio na Rainha da Borborema, como é carinhosamente conhecida a cidade de Campina Grande, nós estávamos em treinamento de rotina no quartel, quando um soldado me interrompeu.

— Tenente Guedes, tem um telefonema para o senhor.

— Companheiro, é urgente? — perguntei por não gostar de ser interrompido durante os treinamentos.

— A pessoa disse que era muito importante e do interesse do senhor — respondeu o soldado.

Resignado, deixei a instrução sob o comando de um sargento e fui atender.

— alô! — Atendi ainda um pouco ofegante devido às exigências das instruções.

— Tenente, aqui quem esta falando é Francisco Motta. Lembra de mim?

— Claro que lembro. Nos encontramos ontem, certo?

Ele mudou o tom de voz e falou um pouco solene — Gostaria, se fosse possível, de conversar com o senhor.

— Claro que é possível seu Francisco. O senhor pode vir agora no quartel?

Silêncio no outro lado da linha.

— Eu gostaria que fosse eu outro local. — finalmente ele falou.

Diante da hesitação dele, eu tive que perguntar: — Posso só saber do que se trata?

— É sobre o seu bando. Desculpe, quero dizer, seu grupo de cangaceiros. Sobre uma apresentação.

— Pois não seu Francisco, onde podemos nos encontrar?

Mais um pouco de silêncio do outro lado da linha, como se ele estivesse consultando alguém ao lado.

— No Chope do Alemão. — novamente silêncio. — O senhor é quem diz a hora, tenente.

— Às quatorze horas?

— Combinado. Estarei lá em ponto.

Desliguei o telefone e retornei aos treinamentos.

Às trezes horas e cinqüenta minutos, eu estava chegando ao Chope do Alemão, um dos pontos mais tradicionais de Campina Grande. Construído em estilo europeu e localizado no centro comercial da cidade, é muito discreto e utilizado por varias pessoas, inclusive autoridades, quando o assunto necessita de descrição. Ao chegar cumprimentei os garçons e sentei-me. Pedi um chope enquanto abria o livro Os Guerreiros, de John Jakes, que estava lendo na época.

Não deu tempo de ler nem uma página. O velho foi muito pontual. Às quatorze horas em ponto, ele entrou no Chope do Alemão e eu, com um gesto de educação, me levantei.

— Seu Francisco, como vai o senhor? — estendi a mão para cumprimentá-lo.

Ele apertou a minha mão e respondeu:

— Vou bem tenente, e o senhor?

— Estando com saúde, sempre esta tudo bem.

Ele vestia calça bege e camisa azul clara. Após alguns minutos de conversa referente ao clima, ele entrou finalmente no assunto principal.

— Tenente, na verdade, não é uma apresentação do seu grupo que nós queremos. Nós queremos é lhe pedir um favor.

Quando ele falou nós, no mesmo instante lembrei da noite anterior, quando nos conhecemos, será que ele estava se referindo àqueles outros dois senhores que o acompanhavam?

— Claro, como posso ajudá-lo? Perguntei.

Ele olhou para o lado, certificou-se que ninguém nos escutava e falou em voz baixa, mas com uma firmeza de que pareci gritar:

— Nós fazemos parte de uma organização que ajuda a ex-cangaceiros, parentes de ex-cangaceiros e quaisquer pessoas que sofram descriminação ou, simplesmente, precise de ajuda. José Justino, aquele senhor mas velho do que eu, foi o fundador e é o atual dirigente desta instituição, e estamos realmente precisamos que o senhor nos ajude em dois assuntos muito importante e....

— Sem querer ser mal educado, — eu procurei falar com toda educação possível — eu gosto que as pessoas sejam diretas, sem arrodeios. Por favor, diga logo do que se trata.

— Eu só estou autorizado a adiantar o primeiro assunto. — ele voltou a baixar a voz — Temos algumas informações muito importantes e gostaríamos de contar com sua ajuda, para que elas cheguem ao conhecimento de todos. E temos certeza que o senhor é a pessoa certa para revelar os segredos que nós carregamos há tanto tempo.

Aquilo estava me matando de curiosidade e me deixando com pouco com raiva também, mas como sempre, deixei a coisa correr para ver onde ia dar.

Após tomar um gole de refrigerante ele continuou:

— O assunto que nós queremos tratar com o senhor, é sobre o cangaço. Nós tivemos a oportunidade de conhecer o cangaço de perto.

— Como assim? – perguntei sem notar que já estava envolvido na conversa.

— Aqueles dois senhores que estavam comigo ontem à noite foram cangaceiros. — baixando ainda mais a voz, que já não era alta, completou — E dos bons.

Aquilo só poderia ser uma brincadeira. Por que cangaceiros viriam me procurar? Qual o motivo daquele mistério todo? Então me veio na lembrança a figura do velho José Justino. Ele era realmente muito velho, mas vir a ser um cangaceiro era uma distância muito grande. Então perguntei:

— E onde está seu José? Por que ele não veio?

— Ele é um homem ainda muito forte para idade que tem, mas estes deslocamentos lhe deixam bastante cansado, por isto ele deseja falar com o senhor em outro lugar, e com mais calma.

— Seu Francisco, se é a divulgação de alguma informação, por que os senhores não procuram a imprensa? Eu acho que é o melhor caminho para tornar as coisas públicas...

— Tenente, nós não queremos envolver a imprensa nisto. Eu, por enquanto, só tenho autorização para adiantar que é algo muito importante.

— Então vamos! Eu quero conversar com ele! — disse para por fim aquele suspense todo —

— Hoje ele não está aqui em Campina Grande, mas já que o senhor concordou, vou passar as orientações.

Ele tirou do bolso um papel,confirmou alguns dados e falou:

— O senhor sabe onde fica o restaurante O Marruá?

— Sei!

— Então o senhor deve estar lá amanhã às oito horas.

Pensei rápido e falei:

— Amanhã eu tenho expediente. Como é que eu posso estar fora do quartel nesta hora?

— Tenente, dê um jeito. Foi isso que José escreveu aqui, acho que já prevendo esta sua pergunta. — falou mostrando o papel para mim: — Chegando lá, estaremos lhe esperando. — Enquanto guardava o papel no bolso disse: — Sim, tem um detalhe importante, o senhor deve ir sozinho, de táxi, e preparado para passar o final de semana.

— O senhor não acha tudo isto muito estranho: tentar me convencer a passar um final de semana com pessoas que eu não conheço, sozinho e, diga-se de passagem, cheias de mistérios.

O velho parou, pensou um pouco e disse:

— Só tenho uma coisa a dizer tenente: O assunto é muito importante. Nele o senhor irá saber segredos sobre o cangaço, que nunca foram revelados — ele disse isto enquanto se levantava e com um aperto de mão rápido, concluiu:

— Muito obrigado pelo refrigerante. A gente se encontra no Marruá. Ah! Por favor, não fale sobre isso a ninguém.

O homem saiu e eu fiquei parado. Percebi então que não tinha dado um gole sequer no chope que tinha pedido.

Chamei o garçom e pedi para trazer a conta e enquanto a conta não vinha, fiquei pensando em tudo o que tinha acontecido. Será que eu poderia confiar neles? Quando o garçom me entregou a conta, eu estava tão concentrado em meus pensamentos que, ao pegar o papel eu disse:

— Eu vou!

— Como? — perguntou o garçom.

Com um sorriso levantei-me, bati no ombro dele e disse:

— Nada meu amigo. Deixe pra lá, eu estou ficando é doido.

Fui para o quartel. Tinha que conseguir dispensa do expediente do dia seguinte.

Minha função era Subcomandante da companhia do Corpo de Bombeiros da cidade. A companhia ficava dentro do quartel do segundo Batalhão de Polícia Militar, na Rua Pedro I, bairro São José.

Dei sorte. Encontrei o Comandante em seu gabinete, conversando com dois sargentos. Fiquei esperando. Quando ele estava sozinho, entrei e fui direto ao assunto:

— Comandante, eu estou precisando fazer uma viagem até a cidade de Teixeira, em companhia de meu pai, pois faz muito tempo que ele não vai à cidade onde nasceu...

— Claro Guedes, fique à vontade. — interrompeu-me educadamente o comandante.

— Só tem um probleminha. É que eu tenho que ir amanhã.

— Pode ir tranqüilo Guedes.

— Muito obrigado senhor.

Estava tudo resolvido no quartel, mas tinha um outro problema: O que eu ia dizer a minha esposa? Que desculpa ia dar, para passar o final de semana fora de casa, sem que ela suspeitasse de nada ou mesmo ficasse com ciúmes?

Mais ou menos às dezessete horas, perto de ir para casa, tive a brilhante idéia: vou falar para ela que vou a uma busca de afogado. Naquele período do ano, sempre ocorriam vários afogamentos pelo interior do Estado e nós, sempre que solicitados, éramos solicitados para dar apoio às outras companhias de Bombeiros. Aquela era uma desculpa que não levantaria nenhuma desconfiança.

Às dezenove horas, quando estávamos sentados à mesa para o jantar, o telefone tocou.

Levantei-me para atender. Era um companheiro de trabalho que tinha combinado comigo para ligar exatamente naquela hora, dizendo que tinha acontecido um afogamento próximo a cidade de Teixeira. Atendi.

— Alô. Pois não. Aonde? Que horas? Prepare a equipe que eu estou indo.

Desliguei o telefone e voltei para a mesa.

— Quem era? — perguntou minha esposa.

— Era o telefonista do quartel. Acabou de haver um afogamento em Teixeira e o comandante quer que eu vá com uma equipe de busca.

— Quando é que vocês vão? — perguntou ela.

— Mandei chamar a equipe de mergulhadores e dentro de duas horas estaremos prontos para partir.

— E quando é vocês vão voltar?

— Minha filha, — falei meio sem graça — você não sebe que bombeiro só tem hora pra sair. A ente só volta quando o corpo é encontrado. Parece até que é o primeiro afogamento que eu estou indo. Após o jantar você me leva para o quartel e fica com o carro porque pode ser que demore.

Ela ficou olhando para mim de modo estranho, então pensei: mulher tem realmente um sexto sentido. Eu já tinha ido para várias buscas de afogados antes e ela nunca tinha perguntado quando eu voltaria, exatamente naquele, que eu tinha inventado, ela perguntou. Acho que eu não sou um bom mentiroso.

Naquela noite, dormi no quartel. Ou, pelo menos, tentei.

22 DE JULHO DE 1994, SEXTA-FEIRA

Acordei cedo. Tomei o café da manhã e fiquei conversando com alguns companheiros do quartel. Pedi para o telefonista chamar um táxi e fiquei esperando. Naquele dia, o serviço de táxi por telefone de Campina Grande, que sempre funciona muito bem, falhou e provocou um pequeno atraso nos meus planos.

Às oitos horas e dez minutos eu estava chegando ao local do encontro. O Marruá era um restaurante que funcionava em uma casa grande de fazenda, perto da saída para a cidade de Lagoa Seca. Um lugar bastante agradável, com mesas rústicas embaixo das árvores e uma excelente comida regional. Naquela hora da manhã ele estava fechado. No estacionamento só havia um carro preto muito luxuoso. Paguei a corrida e fique esperando. Quando o táxi se afastou, uma das portas do carro preto se abriu e eu vi sair de dentro o senhor Francisco.

— Na minha época os militares eram mais pontuais. — o velho falou com um sorriso.

— Desculpe! Sei que não justifica, mas a culpa não foi minha, é que o táxi atrasou e...

— Tudo bem tenente, foi só uma brincadeira. Vamos? – disse isto e foi abrindo a porta do passageiro do carro.

Entrei. O próprio Francisco foi dirigindo. Ele estava outra vez de terno cinza. Descemos a ladeira que dá acesso à avenida Manoel Tavares e seguimos no sentido do Vale do Jatobá. O carro andou maio menos uns dez minutos e chegamos em um sítio, com muros altos. Entramos por um portão de abertura automática. Dentro dos muros o que se via era um verdadeiro paraíso: uma casa muito bonita, toda rodeada de varanda, cercada por árvores frutíferas de várias espécies. O carro parou junto de outro, também bastante luxuoso.

Descemos e entramos na casa. Outra surpresa: a casa era mobiliada com móveis antigos mas de muito bom gosto. Na sala principal a presença de um computador, me chamou a atenção, porque ele de destacava-se entre móveis antigos.

— Tenente, sente-se e aguarde um pouco, por favor.

Sentei em uma poltrona muito confortável. Na minha frente, em cima de um centro, havia várias revistas de circulação nacional, aquilo me levou a deduzir que as pessoas que moravam naquela casa eram bem informadas. Quando eu estava absorto em meu exame mais detalhado da casa, uma voz forte e um pouco estridente me assustou:

— Seja bem-vindo tenente.

Era o senhor José Justino. Ele era uma figura realmente estranha, não pela aparência, mas pelo modo como se vestia: estava também de terno cinza e usava os mesmos óculos escuros, e desta vez estava usando um chapéu de feltro na mesma cor do terno, bastante elegante. Tinha a pele morena, um rosto longo e umas mãos com dedos longos que se destacavam do resto do corpo. Embora um pouco curvado pelo tempo, ele deveria ter mais ou menos um metro e oitenta de altura e apresentava aquele mesmo olhar penetrante, que mesmo por debaixo dos óculos parecia nos estudar.

— Desculpe o atraso. — falei

— Num se preocupe tenente, estamos dentro do horário previsto.

Só ali, na sua casa, quando a conversa esticou, foi que eu percebi o quanto ele falava errado, demonstrando ter pouco estudo. Usava um perfume muito forte, porém muito cheiroso e suas roupas denunciavam que ele era um homem de bastante dinheiro.

— Seu José, eu estou à disposição. Podemos começar?

Ele saiu andando e vez sinal para que eu o acompanhasse. Usava outra bengala mais simples do que a outra, mas não menos bonita, para se locomover. Andava puxando um pouco a perna direita, talvez por causa da idade, pensei. Segui-o com passos lentos para acompanhar seu ritmo.

— Tenente, eu sei que tudo está muito misterioso, mas não se preocupe. Nós somos pessoas boas e vamos esclarecer tudo daqui a pouco. — falava enquanto fazíamos um passeio pela sala, indo em direção ao computador.

— Quem é que mora aqui? — dirigi a pergunta para Seu Francisco, que estava logo atrás de mim, porque com ele eu tinha mais intimidade, se aquilo podia ser chamado de intimidade.

— Este sítio é de José. — respondeu e saiu, me deixando a sós com José Justino. Ele sentou-se em uma poltrona e com a mão, indicou que eu me sentasse também em outra, bem à sua frente. Eu obedeci.

Olhando-me nos olhos, pelo menos acho que estava, pois nem dentro de casa ele tirou aqueles óculos escuros, disse:

— Tenente, não carece de se aperrear, eu sou seu amigo e quero pedir um favor de amigo pra amigo.

— Pois não, se estiver ao meu alcance...

— Claro que está. Quero que o senhor faça um serviço pra mim.

Aquele pedido eu não gostei, "serviço" do jeito como foi colocado, geralmente na aqui na Paraíba é matar alguém.

— Seu José me desculpe, mas o senhor está enganado, porque eu nunca fiz e nem vou fazer esse tipo de coisa...

Neste momento, o velhote deu aquele mesmo sorriso que eu vi no dia da apresentação do Balé Popular. Um sorriso por entre os dentes, mostrando que poderia se soltar, mas alguma angústia o prendia, e falou ainda rindo:

— Tenente, não é esse tipo de serviço que eu quero que o sinhô faça — e ficando sério, completou — Esse, eu ainda mesmo faço.

— Desculpe — falei percebendo que tinha cometido um engano. – – O senhor deve concordar comigo que... Mil coisas estão se passando pela minha cabeça: Aqui, com pessoas estranhas...

— Num precisa se desculpar não. O sinhô tem razão de ficar desconfiado. Um velho malincarado como eu, pedindo pra o senhor fazer um serviço, eu também pensaria a mesma coisa.

Ele abriu uma espécie de dossiê e, folhando, continuou:

—Eu pedi que o senhor viesse aqui porque eu quero lhe passar umas informações muito sérias. Mas antes me responda uma coisa: o senhor é da família dos Guedes de Teixeira?

— Sou sim senhor?

O senhor sabia que seu parente, o sargento Guedes, foi um dos maiores perseguidores dos cangaceiros?

Fiquei calado.

— Mas eu sempre tive o maior respeito por ele.

Falei finalmente:

— Eu pensava que todo cangaceiro tinha raiva mortal do sargento Guedes!

O velho cangaceiro levantou-se com toda calma do mundo, andou um pouco, parou e com um olhar distante, disse:

— Eu já tive muita raiva, mas ele era um homem valente e eu respeito os cabras valentes, mesmo que sejam inimigos. — voltando para o meu lado completou — E o senhor é um oficial de fibra num é tenente. Eu posso confiar no senhor?

— Claro senhor!

Ele sentou-se, folheou mais uma vez os papeis em suas mãos e olhando pra min, como se procurasse uma falha ou uma mentira, perguntou:

— O senhor é Mestre Maçom? — percebi que era para conferi os dados que ele tinha. Mas como ele teve acesso àquela informação? Algumas pessoas sabiam que eu era Maçom, mas o meu grau dentro da irmandade era algo muito reservado, e só pessoas com muita influência poderiam descobrir.

— Sou.

Ele olhou de volta para os documentos e dando-se por satisfeito, fechou-os. Ajeitou-se na poltrona, como quem ia iniciar algo realmente importante, e eu esperava que realmente fosse, para que toda aquela ansiedade e suspense valessem a pena, mas ele veio com mais perguntas:

— O que o senhor sabe sobre o cangaço?

— Eu sei o que li nos livros — respondi demonstrando um pouco de irritação com tantas perguntas.

— Então se prepare para descobrir que muitas das coisas que leu estavam erradas ou mal contadas. Eu fui cangaceiro durante muito tempo e carrego comigo um segredo que tem que ser revelado antes que eu morra. O senhor apresenta todas as características que eu procurava pra me ajudar: é de uma família de pessoas que viveram o cangaço, faz parte de uma sociedade secreta como nós... — deu um leve sorriso e completou: — e ainda por cima, dança como cangaceiro.

Não perdi a oportunidade e disse:

— O senhor não acha que a imprensa é melhor caminho para divulgar...

— Não! — exclamou o velho:

— Eu sou um homem velho e cheio de caprichos, pensei por vários anos como ia contar a verdade. A imprensa passou pela minha cabeça, mas eu teria que aparecer. E nada melhor do que um polícia para revelar a farsa montada por outra polícia. Num é mesmo?

De um instante para outro, ele passou a olhar para o alto e falar com uma voz estranha, como se estivesse rezando:

— O senhor me foi enviado pelo meu protetor através de um sinal. No dia certo e na época certa. Não tenho o que discutir e sim, obedecer.

Era mais ou menos meio dia quando escutei um barulho, como se alguém estivesse preparando as panelas para cozinhar. Notando minha curiosidade ele falou:

— Não se aperrei não tenente, é apenas nossa cozinheira preparando o almoço. Eu num sei o sinhô, mais eu estou cá gota de fome.

— Também estou. — disse só para agradar, com aquela ansiedade toda eu nem tinha pensado em comer.

Com um gesto de mão o velho chamou outros dois homens para a sala. Um era Francisco e o outro era o mesmo senhor que eu tinha visto na quermesse. Os três estavam de ternos iguais. Seu Francisco ao entrar soltou um pequeno sorriso para mim, acho que para dizer pra eu ficar calmo.

Sentaram-se todos à minha frente ocupando os restantes das poltronas. Após alguns segundos, seu Francisco rompeu o silêncio:

— Tenente, eu era soldado da polícia das Alagoas. A polícia que atacou Lampião lá em Angico em 1938. Todos nós estávamos lá. Eles dois eram cangaceiros. As coisas não se passaram como a história conta. Tem coisas que as autoridades da época não disseram. Mesmo depois de tanto tempo, agente vai contar a versão dos cangaceiros e a versão da polícia. Salientando que é a versão verdadeira que ficou encoberta por todo esse tempo, porque boa parte da polícia foi subornada pelo tenente João Bezerra. — levantou-se, tomou uma atitude de militar, e falou em um tom orgulhoso — Eu sou o ex-soldado Galeão, da volante do Aspirante Chico Ferreira. — sentou-se.

Como num movimento ensaiado, o senhor que ainda não tinha dito nem uma palavra, levantou-se e falou com um português que eu quase não entendi:

— Eu sou Chico Martin da Silva mais conhecido como Diferente. Cangaceiro do bando de Lampião. Eu fui dado como morto no Angico.

Os três senhores tinham cabelos grisalhos, e em nada se pareciam com cangaceiros ou volantes, Talvez na juventude fossem aquilo que nós estamos acostumados a ver nos livros e filmes: homens magros, morenos e vestidos a caráter, mas de terno, realmente era estranho.

Paralisado, eu não tinha nada a falar, porque tudo que eu dissesse, podia atrapalhar aquele momento que, no mínimo, era muito interessante.

José levantou-se e observando o relógio disse aos seus companheiros e para mim:

— Já é meio dia!

Todos se levantaram, cada um no ritmo que a idade permita, e num esforço ainda maior, se colocaram de joelhos no chão. Eu observava sem saber o que fazer. Foi quando Francisco olhou para mim e piscando o olho insinuou que eu repetisse os gestos deles. Obedeci. O velho anfitrião retirou do bolso um pequeno pedaço de papel amarelado pelo tempo e com todo cuidado, como se ele fosse se rasgar a qualquer momento, fez o sinal da cruz, igualmente seguido por todos nós. O que eu escutei em seguida, me fez arrepiar os cabelos. Deu-me uma fraqueza nas pernas, que eu tive que colocar a mão no chão para me apoiar, senão caía.

Em clima de oração, José Justino começou:

— Minha pedra cristalina, que no mar fosse achada, entre o cálice e a hóstia consagrada — Rezava com uma voz firme e solene e todos respondiam, após cada frase.

— Treme a terra mais num treme nosso sinhô Jesus Cristo no altar, assim treme os coração dos meus inimigos quando olharem para min. Eu te benzo em cruz e não tu a mim, entre o sol a lua e as estrelas e a Santíssima Trindade. Meu Deus! Na travessia avistei meus inimigo o que faço com eles? Com o manto da vige Maria serei coberto com o sagüi do meu sinhô Jesus Cristo sô valido. Meus inimigos têm vontade de me atirar porem não atiram, se atirar, água pelo cano da espingarda correrá se tiverem vontade de me furar a faca da mão cairá se me amarrarem os nós se desatarão; se me trancarem as portas se abrirão. Amém. Salvo fui, salvo sou e salvo serei com a chave do sacrário eu me fecho.

Eu não estava acreditando no que tinha acabado de escutar: eles estavam rezando a oração da Pedra Cristalina, a mesma que Lampião rezava. Por que aqueles homens, mesmo depois de tanto tempo, ainda rezavam a oração preferida do Rei do Cangaço? Será que fazia parte to ritual da irmandade? Ainda de joelhos rezamos um Pai Nosso, três Ave Maria, três Gloria ao Pai e tudo foi oferecido as Cinco Chagas de Nosso Senhor Jesus Cristo.

Depois de levantarmos, o senhor José Justino veio em minha direção, tirou os óculos e disse:

— Às vezes tenente, as coisas não são o que parecem. Eu, na verdade, não me chamo José Justino. — chegando mais perto de min, como para eu não errar — O sinhô Já esta desconfiando quem eu sou realmente?

— Não senhor. — na realidade eu desconfiava, mas achava complicado falar. E se eu estivesse errado? Minha resposta seria motivo de gozação para os velhotes. Eu estava com medo que minhas suspeitas se confirmassem.

— Tenente, eu sou Virgulino Ferreira de Silva, capitão das Forças Patriotas do meu Padin Ciço Rumão Batista, mais conhecido como Lampião.

Eu não tive como falar. Dei três ou quatro passos para traz, tropecei em uma mesinha que tinha algumas flores, derrubando-a. Meu sangue sumiu das veias e tinha certeza de que deveria esta branco, como uma vela. Escorei-me na parede e olhando, procurava que um deles, desse apenas um sorriso, mostrando que aquilo tudo não passava de uma brincadeira de mau gosto; uma pegadinha, porém seus rostos estavam duros como pedra. Olhei novamente para o José e ele disse, no meio de uma gargalhada.

— Num disse cambada, que mesmo veio, ainda boto medo nos macaco!

Todos riram, menos eu, que quase não conseguia respirar, então para me acalmar, José Justino bateu a mão no meu ombro e disse:

— Vamos almoçar tenente, senão a comida esfria. Depois do almoço a gente continua a nossa prosa.

Fomos para a cozinha. A mesa estava posta para quatro pessoas. Tinha feijão, arroz, carne de bode, farinha e rapadura. Enquanto comíamos, falávamos de vários assuntos, como: política nacional, futebol e até música. Em todos os assuntos eles estavam bem informados, demonstrando que liam bastante e acompanhavam os noticiários da televisão. Terminado o almoço José levantou-se e disse:

— Amigos, vamos dar um pequeno cochilo e depois a gente continua a conversar. Num vá embora não, viu tenente! — falou rindo e retirou-se.

Francisco me acompanhou até um quarto muito simples, porém limpo e organizado. Medindo mais ou menos nove metros quadrados. Só cabia uma cama e um pequeno guarda roupa.

Quando fiquei sozinho, muitas coisas passaram pela minha cabeça: Lampião vivo; Falando comigo. Aquilo só podia ser uma brincadeira. E se fosse verdade? Se fosse realmente Lampiao? Com que idade ele estaria?[1] Que segredo era aquele, que ele queria me contar? Quanto tampo aquilo iria durar? Não podia ser, estas coisas só acontecem nos filmes, e filme é filme, e vida real é vida real, mas o que eu podia fazer? Tudo parecia tão real, que um sonho também não podia ser. Fiquei deitado, mas não consegui dormir.

Às quatorze horas seu Francisco me chamou:

— Vamos acordar, tenente. Nós já esta esperando.

Dei um pulo da cama e disse rápido:

— Estou indo.

Quando cheguei na sala encontrei os três senhores sentados junto ao computador. Ao me aproximar, seu José pediu, meio mandando:

— Sente aqui no computador, que eu vou explicar como é que eu quero o negócio.

Obedeci e esperei as determinações. Ele estava sem os óculos escuros, então percebi que ele tinha um defeito em um dos olhos. O olho esquerdo era normal, mas o direito estava totalmente tomado por uma cor branca e pelo jeito como movimentava a cabeça quando olhava para mim, percebi também que ele utilizava só uma das vistas. A pálpebra direita

---

[1] O maior obstáculo para eu acreditar naquela conversa dos velhos era a provável idade que Lampião poderia ter naquela época, contudo, depois do encontro, eu fui até os livros de história e pesquisei tudo que pude sobre a vida de Lampião e descobri que ela é, na verdade, uma grande incógnita, começando pela sua data de nascimento: Existem duas certidões de nascimento de Virgulino Ferreira da Silva, uma mostrando que ele nasceu no ano de 1897 e outra em 1898. Se levarmos em conta a certidão mais antiga, ele estaria com 97 (noventa e sete) anos quando do nosso encontro, e esta era, na verdade, a aparência do senhor José, um homem muito velho, mas consciente e bem lúcido. (ver cópias das certidões de nascimento na página 192 E 193)

era mais baixa que a esquerda. Depois, e sem que ele notasse, fiz uma observação mais de perto, só para afastar a suspeita se era uma lente de contato. Tirei todas as minhas dúvidas: aquele senhor era realmente cego do olho direito.

— Estou pronto capitão. Podemos começar. — falei aceitando o jogo, se fosse um trote ou uma brincadeira, eu já tinha caído mesmo.

Quem iniciou a conversa foi Francisco Motta:

— Depois da saída do capitão cangaço e da morte de Curísco, o cangaço acabou-se. Iniciou-se então a descriminação contra os ex-cangaceiros e contra as famílias deles. Nós, depois que vimos a situação precária a que chegou Antôe Silvino, decidimos, mesmo informalmente, criar um grupo de pessoas para ajudar os que viveram o cangaço e que estavam sofrendo discriminações. Devida a identidade do capitão ser um segredo, este grupo de pessoas também teve que permanecer no anonimato, ganhando com isto um caráter secreto. Desde o início das nossas reuniões nós sempre rezávamos e criamos, mesmo ser querer, um ritual. Com o passar do tempo, o povo, não sei como, descobriu que nós rezávamos o Ofício de Nossa Senhora durante as reuniões e, com sua sabedoria, nos batizaram como, A Irmandade do Ofício. E é em nome dela, que convocamos o senhor para cumprir duas missões: a primeira será explicada nesta reunião e a segunda, nós informaremos depois.

Quando Francisco terminou foi que eu notei que estava de boca aberta de tanta admiração. Eu já tinha lido algo sobre a Irmandade do Ofício, em um livro que tratava exclusivamente das sociedades secretas. O que me causou uma maior admiração foi que, segundo o livro, ninguém nunca tinha visto um integrante da Irmandade, só se tinha informações das suas obras filantrópicas e sempre que ajudavam alguém enviavam um terço como marca registrada. Como eles ficaram olhando para min, como esperando alguma reação, então falei:

— Eu li alguma coisa sobre a Irmandade dos senhores em um livro.... — parei um pouco, procurando lembrar exatamente o nome, não consegui — não me lembro o nome agora, mas sei que é uma das sociedades mas fechada que existe e que seus rituais são mais secretos que os da Maçonaria.

O senhor Jose Justino tomou a palavra.

— Tenente, o senhor esta conversando com os três últimos representantes da Irmandade do Ofício. Mas isso eu conto depois.

Vamos para sua primeira missão: — o velho fez um apequena pausa, então prosseguiu — Escreveram muita coisa a respeito do cangaço, algumas coisas verdadeiras e outras sem sentido. Uma das coisas mais errada que existe na história do cangaço, é como ocorreu o ataque à grota do Angico. Eu e Diferente vamos contar o que realmente aconteceu na grota do Angico e Galeão vai contar a trama, que foi montada pela polícia das Alagoas, para me matar envenenado. Podemos começar?

— Sim senhor. — todos notaram minha ansiedade.

ANTECEDENTES

A partir daqui, escrevo o que me foi declarado pelo Capitão Virgulino, o ex-cangaceiro Diferente e o ex-soldado Galeão. Decidi manter os depoimentos na forma exata em que foram prestados, com seus erros gramaticais e redundâncias. Escrevo, a versão deles para o que aconteceu em Angicos e nas cidades circunvizinhas, nos dias que antecederam e sucederam o 28 de junho de 1938, dia que a volante, comandada pelo tenente João Bezerra, atacou o bando de Lampião e causou a morte de onze cangaceiros.

Palavras do capitão Virgulino

Aos vinte e dois dias do mês de julho do ano de mile novecentos e noventa e quatro, na cidade de Campina Grande na Paraíba. Eu, o capitão Virgulino Ferreira da Silva, Lampião, relato para o mundo a farsa montada pelas autoridades da época.

Alguns acontecimentos foram importantes, e que marcaram minha vida. Eles ocorreram sempre no dia 20 de Julho, dia da morte de Padin Ciço. Inicio contano estes acontecimentos para que as pessoas entendam o milagre feito pelo meu Padin.

E tudo começô realmente no dia da morte do meu padin Ciço. Foi assim:

20 DE JULHO DE 1934, SEXTA-FEIRA

Em Sergipe

A gente tava na fazenda Borda da Mata do meu grande amigo Coroné Antoi Caxero. Depois de uns pega que nós tivemos com a polícia das Alagoas, decidí pará um pouco pra cuidá dos ferido e descansá.

Era uma noite sem lua e o céu tava todo pintado de estrela. Como um pressentimento, eu tava numa tristeza que todo mundo notava. Santinha[2] passô o dia todo perguntano o que eu tinha e eu dizia que num tinha nada, tava só esmurecido.

---

[2] Santinha, era a forma carinhosa como o capitão chamava Maria de Deia, sua companheira, que depois passou a ser conhecida como Maria Bonita.

Depois do almoço, deitei para dá um cochilo e sonhei com um roçado seco com as plantação perdida, e um homem todo de preto parado olhando para min. Acordei de repente, todo suado não só pelo calô, mais pelo aperreio que o pesadelo dá. Na hora da janta contei o sonho a Santinha e ela interpretou exatamente como eu:

— Virgulino, sonhá com roçado seco é siná de morte.

— Eu sei Santinha. Acho que tá na hora da gente estirá no mundo.

Chamei Pai Veio e mandei que avisasse aos cabra que desmanchasse as barraca e se equipasse, que a gente ia partí.

Antes da gente saí chegou um mensageiro do Coroné Antoi Caxero trazeno a informação que meu Padin Cico tinha morrido. Pra sê sincero, num acreditei e disse que era uma brincadera de cabra safado.

Então a lembrança do sonho veio na minha cabeça. Juntei uma coisa com a outra: como num pensei nisso? A pessoa de preto no sonho era Padin Ciço, que veio me avisá da sua morte. Foi como se alguém tivesse me dado um tiro no meio dos peito. [3] Eu tinha comigo que parte da minha força vinha da fé que eu tinha no santo vivo do Juazero e eu nunca pensei que ele fosse morrê.

---

[3] O escritor, Daniel Lins, é bem claro quando escreve sobre o sofrimento de Lampião quando da morte do seu protetor, o Padre Cícero, em seu livro, *Lampião o homem que Amava as Mulheres*, página 154:

> "Lampião errou como um "órfão desesperado", embriagado pelo sofrimento de um luto impossível. Não se pode deixar de fazer uma analogia entre o luto inesquecível – álastron pénthos – narrado o epílogo da Odisséia de Homero, vivido por Eupeithès, cojo filho Antinos foi a primeira vítima de Ulisses, e a dor de Lampião, ao tomar conhecimento da morte do padre Cícero."

Aquele dia ficou na minha cabeça, vinte de julho, nunca mais eu ia esquecê ou ficá livre desta data. Todo ano, por respeito ao meu Padin, eu fico de luto por uma semana. Não só eu, mais todo os que estão comigo. Foi uma promessa que eu fiz a meu Padin.[4]

Chamei novamente Pai Veio e mandei avisá aos cabras que os planos foram mudados e que a gente ia ficá ali por mais tempo e a que a gente tava de luto por oito dias. Como na semana santa, num era proibido bebê, mais num queria música nem dança, nem queria vê ninguém bêbo falano alto. Foi desse jeito que este filho de Deus e devoto de Nossa Senhora da Conceição, pôde, mesmo de longe, oferecê homenage pra o home santo que fez tanto pelos outros.

Quando eu tava no cangaço o luto pra min é da seguinte forma: eu num bebia e comia muito pouco e procurava num entrá em briga com ninguém, a num sê por legítima defesa.

No dia vinte e nove de julho, um domingo, a gente saiu da fazenda e tomamos a direção do Raso da Catarina. Eu tava muito triste e com preguiça pra qualquer coisa. Antoi Caxero nos deu muita comida, água e

---

[4] Lampião era amigo do Padre Cícero e teve vários encontro com ele. Com a morte do Padre em 1934 Lampião passou guardar o dia 20 de julho trans formando ela em uma verdadeira Semana Santa com jejum e abstinências de algumas coisas. Lampião chamava a semana do Padre Cícero e como veremos mais à frente, quando ele foi pra Angico, foi para passar o luto. Encontrei esta informação no livro de Frederico Bezerra Maciel, *Lampião, Seu Tempo e Seu Reinado V*, na Página 36.

"Lampião disse que iria embora dia 27 depois da semana de Padin Cícero".

munição que por um bom tempo, num seria preciso se preocupá com essas coisas.

Então decidi que ia ficá ums tempo descansano. Era início de Agosto quando chegamos no Raso. Ficamos ali o resto do ano, sem pertubá ninguém, e sem ser perturbado.

20 DE JULHO DE 1935, SÁBADO

Em Serrinha, Pernambuco

O segundo vinte de julho importante na minha vida, foi em Serrinha: a gente foi até a cidade procurá João Cacheado. A gente tinha uns cavalo e chegamos montados. Era de madrugada e não percebemos que a cidade tava quase sem ninguém. Perguntei a um velho, que tava sentado em uma calçada, onde tava João Cacheado e ele respondeu que tinha saído da cidade junto com muita gente, que todos tinham ido prus mato com medo da gente.

Lembrei de Chiquinho e fui até a casa dele, quando a gente tava passano pela budega, que ficava parede e meia com a casa dele, batemos mais ninguém atendeu. A gente queria comprá rapadura e queijo, como ninguém abriu, eu disse:

— Arromba essa merda.

— Sim senhor — disse Moderno

Quando Moderno se preparava para cumprir a orde com a coronha do fuzil eu escutei os tiro nas nossa costa. Foi muito ligero. Num deu tempo de reagí. Olhei de lado e vi que Santinha tinha caído no chão. Foi um tiro que ela levô. Pareceu que os cabras safado atiraram só nas mulhé. O tiro foi nas costa do lado direito, perto do pulmão.

Os macaco junto com os civil tavam em cima das casa. Agente tava sem cobertura e correno o risco de morrer todo mundo ali, então gritei:

– Prus mato! Prus mato! Pega Maria Ema Mariano, que ela também tá baliada!

Puxei meu parabelu e atirei sem direção.

Santinha foi levada por min e por Moderno. Ela chorava muito. O tiro foi de longe e num entrou muito, mais pela dô que Maria tava sentino eu vi que a peste da bala tinha feito um estrago grande dentro dela.

Caminhamos o resto da madrugada e quando amanheceu não paramos é que eu ainda num tinha um lugá seguro para acampá. Finalmente chegamo em umas serras e mesmo sem querê tive que pará, porque Santinha tava cada vez pió e eu tava preocupado.

Aquele lugar era muito mais perigoso que Angico. Era entre duas pedas muito alta e se uma volante pegasse a gente ali num tinha como escapá. Era se prepará pra brigá feio.

A gente fez um pequeno acampamento e melhoramos os curativo das mulhé.

Quando escureceu, a gente tava tão cansado que de sete horas a gente já tava dormino. E foi ai que eu tive outro sonho agoniado, com meu Padin Ciço. Num parecia um sonho não, era como se ele próprio tivesse lá falano comigo. No sonho ele me lembrou do luto que eu tinha que praticar.[5]

Num tinha como ficá ali por muito tempo, que era muito perigoso. Disse a Maria que quando ela achasse que tava melhor e pudesse caminhá avisasse, porque se uma volante batesse em cima, num tinha saída. Ela concordou.

No outro dia notei uns movimento estranho nos mato e os cachorro grunino. Quando a gente viu os macacos tavam perto demais. Mandei os cabras que tivesse equipado respondê aos tiro e saísse do local que eu ia ficar com Santinha, Maria de Ema e Mariano.

Tenente, o senhor acredita que uma pessoa possa se incantá?[6]

O capitão fez uma pergunta, a primeira desde que tínhamos iniciado os trabalhos e respondi sem muita certeza:

— Acredito sim senhor!

Foi exatamente isso que aconteceu comigo, com Santinha, com Maria de Ema e com Mariano. O encantamento num é como muita gente diz por aí. A pessoa num desaparece não, é um momento de oração muito

---

[5] O que o capitão tinha, podia ser o que os estudiosos do sono chamam de sonhos lúcidos, que é uma experiência onírica consciente. Um tipo especial de sonho, onde a pessoa que dorme, compreende que está sonhando. Segundo os mesmos estudiosos, a consciência humana tem o poder de despertar infra-oniricamente, ou seja, de fazer com que acordemos dentro de um sonho.

[6] Se encantar, na crença do sertanejo, é a pessoa sumir, desaparecer, ou se transformar em seres inanimados, como um tronco de arvore, por exemplo.

forte e feita com muita fé, que ninguém pode lhe fazê mal. Mas só pode se incantá quem tem o corpo fechado.[7]

Chamei os três pra perto de min, peguei um rusáro e todos nós seguramos e iniciei a oração que me foi ensinada pela mulher que fechô meu corpo lá em Umã. Mandei todos fechá os olhos e não abri por nada no mundo. Se a pessoa estivé com os olhos aberto não consegue se incantá, porque os olhos são as porta da alma e por ele, sai mais coisa do que entra.

Nós só escutamos o cunvercero deles:

— Num podem tê fugido. Num tinha como.

— Como é que uma pessoa ferida, sobe uma peda dessa?

Um deles chegou tão perto que eu senti a alpercata dele jogá terra em cima dos pé da gente. E como se adivinhano um deles disse:

— É, sumiro. Se incantaro.

A volante foi simbora e agente foi se juntá com o resto dos cabra que estava esperano a três légua dali, num lugá seguro. Foi uma alegria quando os cabra viram a gente. Queriam até fazer festa, mais eu lembrei que a gente tava de luto.

Muito tempo depois, fiquei sabeno que era uma das maiores volantes que já tinha sido montada. E só não pegaram a gente, graças ao meu Pádim Ciço e as orações de incantamento.

---

[7] Lampião tinha o corpo fechado para bala e faca. Pesquisei pra saber como é essa história da fechar o corpo e encontrei no livro do americano Gregg Narber *Entre a cruz e a espada: violência e misticismo no Brasil rural*, na página 156, um ritual usado pelos cangaceiros para fazer o fechamento do corpo. (ver ritual na página 194).

20 DE JULHO DE 1936 SEGUNDA-FEIRA

Na Bahia

No ano seguinte, eu tive outro sinal do Padin Cico. Aí notei que ele tava usano o dia vinte de julho para entrá em contato comigo. Na hora eu num tinha entendido o sinal, só depois eu vi que era pra minha proteção.

Antes de se dirigir para o Raso da Catarina[8] passamos na casa da minha rezadêra. Eu tava com uma dô no peito e com medo de sê uma coisa mais séria. Procurei a rezadêra lá de Umã, a mesma que fechô meu corpo e me ensinô muitas reza forte.

Achei estranho quando eu entrei na casa dela e ela num deu aquela risada com os dentes tudo estragado. O riso num era porque ela gostava de mim, era porque sempre que eu tinha uma consulta com ela, eu pagava tão bem que ela num precisava de dinhero pelo resto do ano. Esse tipo de gente num revela as rezas fortes por pouco dinheiro não.

Fui até perto dela, junto da cama onde ela tava esparamada, e perguntei:

— Que cara é essa, D. Maria? Comeu e num gosto foi?

— Bom dia, seu Virgulino, com o senhô vai. — Ela falô sem virá a cara pro meu lado.

---

[8] O Raso da Catarina, situado na Bahia, entre Jeremoabo e Monte Santo, com seus 420 Km^2 e 160 de largura, e suas diversas cavernas, representava o refúgio ideal para os cangaceiros.

— D. Maria tá um pouco atrasada das notiça do mundo, agora eu sou capitão e a senhora deve me chamá assim.— Disse aquilo porque num gostei da recepção e achei uma falta de respeito.

Ela fez um esforço, e se levantô. Ficou na minha frente. Levantô a cabeça, me encarô, e com uma voz que me arrepio, disse:

— Seu Capitão, eu sei mais coisas sobre o senhô do que o senhô imagina.— dizeno aquilo, afastou-se e foi para sua mesa onde ela faz consulta nus cristão. Me aproximei e sentei na mesa em uma cadera na frente dela. E, com medo, perguntei:

— Como assim D. Maria, o que a senhora sabe de mim?

— Vamo dexá essa históra pra depois. Por que o senhor veio procurá a veia nesse fim de mundo? Levô outro tiro?

— Graças, primeiramente a Deus, depois Meu Padin Ciço e a Senhora que fechô o meu corpo, eu nunca mais tive nem um arranhão. D. Maria eu só tô é com uma dô no peito e tucino muito. E num é só eu não, Santinha também tá do mesmo jeito.

Sem dizê uma só palavra a véia se levantô e foi ate a cozinha e trousse uns mato. Chegano perto de min disse:

— Mastigue isso e num bote pra fora de jeito nenhum.

Quando coloquei a merda das folha de mato na boca, ela travava que só a gota. Me deu vontade de cuspí na mesma hora, mas fazia parte do tratamento e eu segurei.

Fiquei mastigano. Ela, com outro galho de mato ficou atrás de min, rezano e bateno com o mato na minha cabeça.

Quando ela terminou comigo, fui busca Santinha para ser rezada também.

— Depois daquela reza eu num tive mais nada, mais Santinha continô com a mesma mazela. Eu só acredito que Santinha num tinha muita fé naquelas coisas e a reza só funciona quando a pessoa tem fé.

Mas eu ainda num cheguei no ponto que eu quero contá.

A velha pediu a min para falá em particulá. Pedi a Santinha que me aguardasse lá fora e voltamos para a mesa de consulta. Eu tinha visto varias vezes uma image de Padin Ciço que ficava por traz da cadêra dela, mas quando me sentei, olhei e fiquei admirado era como se a image quisesse me dizê alguma coisa. Não percebi, mas eu estava como se estivesse hipnotizado e a rezadera falou:

— Capitão! Algum problema?

Acho que ela perguntô porque viu que eu tava paralisado olhando para a imagem.

— Não senhora. — respondi sem tirá os olho da image

— Capitão Virgulino eu estou preocupada com o senhô. Ontem à noite, como se adivinhano que o senhô vinha aqui, eu tive um sonho com senhô que me deixou aperriada.

— Conte minha veia, que eu já tô curioso.

Sonho pra mim sempre foi, e ainda é, de muita importância.

Ela, rapidamente, como se quisesse se livrá de um assunto que tava perturbano sua mente, falou:

— Capitão eu sonhei com a morte do senhô. Ela falô de cabeça baixa.

Quando ela levantô a cabeça eu falei rindo, meio sem graça:

— Minha veia num precisa sê adivinha pra sabê que todo mundo morre um dia.

— Mas não é só isso não Capitão, eu tive no sonho uma revelação que o senhô deve ficá atento. Uma pessoa, que era um homem, só num consegui ver a cara dele. Como também num entendi muito bem o que ele dizia, mas era mais ou menos assim:

"VEJO MUITO MAL PORQUE TÁ ESCURO...".

"OLHE BEM PRA ZELAÇÃO[9]... DEPOIS FICA TUDO PRETO...".

"E PRONTO, TUDO SE ACABÔ...!"[10].

— A senhora tem certeza de que não coseguiu entendê o que significa isto.

— Tenho capitão, se qualquer dia desse eu conseguí intendê, mando avisá ao senhô, teja onde o senhô tivé.

Com essa conversa fria e sem jeito a gente se despediu.

---

[9] Segundo o Dicionário Aurélio, zelação é um fenômeno luminoso que resulta do atrito de meteoróide com gases da atmosfera terrestre. São as estrela cadente, estrela filante, estrela fugaz, exalação.

[10] Essa profecia, dita a Lampião pela vidente de Umã, como veremos mais adiante, vai ser decisiva para ele lá em Angico. No livro de Frederico Bezerra Macial, *Lampião, Seu Tempo e Seu Reinado V*, na Página 29 o pesquisador assim escreveu sobre essa profecia:

"VEJO MUITO MAL PORQUE ESTÁ LONGE..." / "UMA ZELAÇÃO... DEPOIS FICA TUDO PRETO..." / "E PRONTO, TUDO SE ACABOU...".

20 DE JULHO DE 1937, TERÇA-FEIRA

Em Sergipe

Mais um ano. Mais uma surpresa: Recebi naquele dia, no acampamento, a visita do meu irmão João. Eu tinha tomado conhecimento que ele havia chegado do Juazero do Norte e tava morano em Propriá. Mandei dois cabras, com roupa civil, ir chamá-lo, que eu tava sabeno também que ele queria me vê.

Foi um prazê muito grande pra mim vê meu irmão. Já fazia nove anos que eu não via ele. Eu apresentei Santinha e o bando todo pra ele. Durante a conversa, João fez um pedido para que eu deixasse o cangaço e fosse pra o Mato Grosso. Mais me diga, o que mulesta eu ia fazê em Mato Groso? Santina já tinha me pedido muito pra gente fugí pra outro Estado mais o que eu escutei de João ma deixou indeciso. Ele me puxô pro canto e disse:

— Virgulino, eu vim aqui pra lhe vê meu irmão, mas também trago um recado do Dotô Eronide[11]. — ele falô em voz baixa e percebi que o assunto era sigiloso. Puxei ele pra mais longe ainda e quando estávamos sozinhos ele continuou:

— O próprio Dotô Eronide mandô me chamá e pediu que eu desse um recado a você meu irmão.

---

[11] O Doutor Eronides era o interventor do Estado de Sergipe. Ele era Governador, e em 1937 o Presidente Getúlio Vargas nomeou-o interventor. O Doutor Eronides, filho de Antonio Caxeiro era Capitão do Exército e conhecia Lampião de tempos atrás. (Veja mais na página 195).

— Pode fala João, que eu tô escutano.

— Virgulino, o dotô Eronide disse que, se você tivé disposto a deixá o cangaço ele lhe dá apoio para você ir para onde você quisé.

O dotô Eronide era meu amigo de muito tempo, e na hora eu não entendi, mas ele como Interventô do Estado de Sergipe, tava sendo precionado pra acabá com o cangaço e não queria fazê mal a mim, mas na minha ignorânça de valente, tomei aquilo como se ele quisesse me comprá e com muita educação eu disse:

— João, diga ao dodô Eronide que eu tenho muita estima pela pessoa dele, mas ainda num tá na hora deu deixá o cangaço não. Mas diga também pra ele que eu num vô atacá cidade nenhuma do Sergipe, enquanto ele for o interventô. E se eu fô deixá o cangaço, ele como meu amigo, será o primeiro a sabê.

— Você tem certeza que esta a melhor decisão, Virgulino? — perguntô preocupado o meu irmão.

— Certeza absoluta. — respondi sem pestanejá.

— Virgulino, o dotô Eronide pediu segredo absoluto, fosse qual fosse sua decisão.

— Diga também pra ele que num precisa de se preocupá, que Lampião continua o mesmo: num é home de conversá bestêra.

Nós ficamo ali conversano sobre muitas coisas do passado. Contei muitas coisas que ele queria sabê. Demos boas risada e lembramos também momentos tristes. Depois de umas três horas de prosa João foi embora.

Quando anoiteceu Maria me perguntô o que tanto a gente tinha conversado e contei quase tudo, menos sobre a oferta do dotô Eronide.

Ela já vivia me aperreano pra deixá o cangaço, se desconfiasse da proposta do dotô, ai eu num tinha sossego mais nunca.

Mas o dia ainda não tinha terminado e as surpresas também não.

Era mais ou menos cinco horas da tarde, quando um cabra que tava de tocaia veio correndo falá comigo.

— Capitão, tem um homem quereno falá como o senhô.

— E você num conhece ele não?

— Não senhô. — o tocaia respondeu meio sem jeito.

— E como misera vocês deixaram uma pessoa se aprocimá tanto assim? E depois o cego aqui sou eu!

— Seu capitão, agente tava prestano atenção, nós num tava relaxado na guarda de jeito nenhum. — defendeu-se o tocaia

— Ele tá armado? — perguntei.

— Tá não senhô. — disse como para se limpá mostrano que corregiram o visitante, e completou:

— Seu capitão quando nós deu fé, ele já tava em cima de nós. Eu num sei de onde ele apareceu.

— Vige nossa senhora! Parece uma assombração! — eu disse aquilo como brincadera.

— Quase que a gente dava um tiro nele. — acrescentou o tocaia.

— E porque num deu? Vocês tão e ficano tudo froxo. Reviste esse cabra direito e traga ele aqui. Eu quero vê a cara dele.

Depois de uns cinco minutos o cabra tava na minha frente. Num parecia com políça nem com cangaçero era moreno assim da minha cô mais ou menos, um pouco mais baxo, das canela fina e rosto magro.

Quando vi o visitante, eu disse ao tocaia:

— Pode ir pro seu posto. Dexe ele aqui que eu vou convesá com ele. E vê se fica mais atento.

— Sim senhô Capitão. — disse o tocaia se retirano.

— Zé Latão! Eu tinha certeza que tu num tava morto![12] – falei como tanta animação que notei a surpresa na cara dele.

— Num morrí não seu Capitão, eu tava no Juazero.

— Apôis home, todo mundo tava certo que tu tinha ido pra o Sul. Quando foi mesmo que tu sumiu?

— Num foi em março de 28, na fazenda Piçarra, na briga com os macaco da Paraíba e do Pernambuco.

— Tô ficando veio mesmo. Como eu posso esquecer um negócio daquele, aquilo sim eram dias danados de ruim. Mas cabra, eu desconfiava que tu num tinha morrido

— Eu levei um tiro no carcanhá e num conseguia andá. — falou Zé Latão.

— Eu passei pro isso meu amigo véio e sei como é difice escapá quando a gente num pode apoiá o pé no chão.[13] — completei.

— Eu mesmo ferido escapei. Mas Sabino num teve a mesma sorte, num foi capitão?

---

[12] Em minhas pesquisas descobri que Zé Latão foi realmente um cangaceiro do bando de Lampião e encontramos o nome desse cangaceiro no livro, *O Cangacerismo no Nordeste,* do escritor e pesquisador do cangaço Bismark Martins de Oliveira, página 273: "Zé Latão – estava com Lampião no bando que atacou Mosoró (RN) em 13 de junho de 1927".

[13] Lampião se referia a um tiro que levou no calcanhar que o fez ficar andando com defeito pelo resto de sua vida, (veja detalhes na página 195).

— Foi! Sabino era outro cabra de macho. — falei com um pingo de tristeza na mente e tentano mudar o assunto, perguntei:

— Mais me diga uma coisa? o que você veio vê aqui nesse fim de mundo? Num me diga que depois desse tempo todo, você que sê cangacêro de novo?

— Capitão, eu tô aqui pra cumprí determinação de uma pessoa muito importante.

— Importante pra min Zé, só tinha o Padin Ciço. — falei novamente com um tom um pouco triste.

— E é dele mesmo que eu tô falano!

— Do meu Padin? Como assim?

— A história é um pouco esquisita seu Capitão, mas escute. — assim como se eu não fosse acreditá, ele começo:

— Antes da morte do Padin Ciço, eu tava viveno lá no Juazero, sem famía, sem ninguém, trabalhano nas fazenda dos outro. Quando recebi um recado de que Padin Ciço queria falá comigo. No começo eu num acreditei e num fui. Eu pensava comigo: o que é que um home santo como Padin Ciço ia querê com um pecadô como eu, e eu num fui. Quando deu uma semana depois veio um pade de batina e disse que eu tinha que ir falá com Padin Ciço, que ele tava muito doente e queria falá comigo ligeiro. Ai eu vi que o negócio era sério mesmo, e fui. Pra encurtá a conversa capitão, quando o Padin Ciço me viu, disse que já sabia quem eu era e que eu já tinha sido do seu bando. Capitão, ele pediu pra mim fazer um favor importante pra ele e outro pro senhô Capitão.

Escutano aquilo fiz de imediato o sinal da cruz e perguntei a Zé Latão:

— Favô importante pra min? Ôxe! Explique melhó home, que eu num tô entendeno é mais nada! — disse porque a curiosidade tava me matano. E ele continuou:

— O favô importante que eu tenho a fazê pro senhô ele num me disse. Mais o Favor pra ele era o seguinte: pediu que eu procurasse o senhor e voltasse pra o cangaço. Capitão eu tô dizeno a verdade... Juro pela ostia consagrada. Eu sempre pensei em voltâ pru cangaço mais sempre tive medo da reação do senhô. Mas num pense que eu ia inventá uma história dessa pra...

— Num se preocupe não Zé, eu conheço você e sei que num é home de tá com mentira, e quanto a mim, num precisa de se aperriá...

— Num sei. O senhô podia tê pensado que eu tinha desertado por froxura, o senhor num sabia que eu tava ferido. Sabia?

— Não Zé, eu num sabia. Eu tinha certeza que tinha acontecido algumas coisa importante, que você num é home de fugi de briga não. Mas me responda uma coisa, você qué realmente voltá pra vida de cangacero?

— Claro seu capitão, com dois prazê: um por voltá a trabalhá com o senhô e outro fazê a vontade do Padin Ciço.

— Então vá se armá. Que o cangaço tá precisano de home como tu. Ô Luis! vem cá.

Assim que Luis Pêdo chegou, viu Zé Latão, se lembrô na hora. E foi uma festa. Todo mundo que conhecia Zé, gostava dele.

Zé saiu com Pêdo e eu fiquei pensano: mais uma vez meu Padin escolheu o dia vinte de Julho pra se comunicá comigo e dessa vez trazeno, ou podia até dizer ressuscitano, o amigo Zé Latão.

Passamos todo o luto ali na fazenda do amigo Antoe Caxero e depois seguimos nossa vida.

O Capião levantou-se e com gesto ordenou que eu fizesse o mesmo. E claro obedeci.

— *Tá quase na hora da janta.*

Eu não tinha percebido, mas as horas voaram, faltava cinco minutos para as 18:00h. Fomos todos para o centro da sala e tirando um livro do bolso, o capitão iniciou:

– Deus vos salve, filha de deus Padre, – Cada frase era repetida por nós.

– Deus vos salve, Mãe de Deus Filho.

– Deus vos salve, Esposa do Espírito Santo,

– Deus vos salve, Sacrário da Santíssima Trindade.

– Agora, lábios meus,

– dizei e anunciai

– os grandes louvores

– da virgem mãe de Deus.

– Sede em meu favor,

– Virgem soberana;

– livrai-me do inimigo

– com o vosso valor.

– Glória seja ao Padre,

– ao Filho e ao Amor também,

– que é um só Deus

– em pessoas três,

– agora e sempre,

– e sem fim. Amem.

Agora sem ninguém repetir, só o Capitão que rezava:

Humildes oferecemos

a Vós, Virgem pia,

estas orações,

porque, em nossa guia,

Vades Vós adiante

e, na agonia,

Vós nos animeis

ó doce Maria. Amém.

Era o oficio de Nossa Senhora da Conceição que nós tínhamos acabado de rezar. E depois daquela vez, e durante todo o nosso encontro, sempre no café da manhã, ao meio dia e na hora do jantar, nós rezávamos as seguintes orações: Às seis horas, antes do café da manhã, o Ofício de Nossa Senhora; Ao meio dia, antes do almoço, Oração da Pedra Cristalina e às dezoito horas, antes do jantar, Ofício de Nossa Senhoras.

Por volta das 19:00h, todos nós nos recolhemos aos quartos.

Demorei muito a dormir naquela noite.

Às 5:30h, fui acordado pela cozinheira, que me disse:

— Estão esperando o senhor para o café da Manhã.

Depois de um rápido café da manhã, à base de macaxeira com carne de sol, cuscuz com leite e café preto, voltamos para o computador e o capitão Virgulino continuou a declaração:

— Tenente, hoje nós vamos começar realmente a contá o que aconteceu na semana de luto do ano de 1938. Eu e Diferente, vamos relatá o que aconteceu na grota do Angico e Galeão vai contá o que presenciô ou ficou sabeno em Piranhas através de conversa com coiteros e militares que fizeram parte, junto com ele, da volante do tenente João Bezerra.

O que o senhô escutá e escrevê, vai desmascará a farsa montada pelas autoridades da época, principalmente o tenente João Bezerra,o aspirante Francisco Ferreira e o sargento Aniceto.

A FARSA

20 DE JULHO DE 1938 QUARTA - FEIRA

19:00h Na Fazenda Patos

Eu tava com todo o bando na casa de Domingos, lá na fazenda Patos, em Alagoas.

Santinha tinha ido no dia anteriô pra Propriá fazer uns exame pra vê o que ela tinha. Ela andava tossino muito e botava sangue pra fora, quando tossia. Meu medo era que fosse tuberculose, porque naquela época e naquele fim de mundo onde a gente andava, era morte na certa. Eu gostava muito dela e tinha medo que ela morresse. Depois de tanto tempo no cangaço, e veno morrê quase todos os meus irmãos eu via a hora recebê a notícia que a minha mulhê também ia morrê. Na fazenda, antes da Janta, me retirei para um lugar isolado e fiz a oração mais forte que eu conhecia pra Nossa Senhora da Conceição. Todo católico sabe que para alcançá uma grande graça agente tem que está pronto pra fazer um grande sacrifício, então fiz uma promessa: Se Santinha não tivesse tuberculose, eu ia fazê os gosto dela e deixá o cangaço. Aquele era, no mundo, o maior sacrifício da minha vida. A promessa tava feita e promessa feita não se volta a traz de forma nenhuma.

A gente tava iniciano a semana de luto e eu confiava em Nossa Senhora e no Padin Ciço. De noite, Santinha e Enedina chegaram de Propriá e fiquei com muita raiva porque Santinha tinha cortado o cabelo. Santinha sabia que eu gosto de mulhé de cabelo grande e, sem-mas-nem-pra-que, ela cortou o cabelo lá em Propriá. Quando ela veio falá comigo eu dei uma esculhambação nela, na frente de todo o mundo, aí ela num gostô e ficô sem falá comigo por um bom tempo. Só dei a esculhambação porque eu acho errado a mulhé fazê as coisas sem combiná com o home. Tenho certeza que ela foi influenciada por Enedina, que fazia o que queria e Zé num dizia nada[14], mas comigo era diferente: as coisa tem que sê combinada senão desanda.

Outro motivo de minha visita na fazenda Patos, além do exame de Santinha, era que a gente tava precisano de munição e eu tinha que me encontra com João Bezerra[15]. Chamei Domingos pro lado e perguntei:

— Ainda tão querendo botá você pra fora daqui?

— Tão Capitão. O capitão Lucena tá se lambeno pra me pegá.

— Aquilo é cabra muito safado, quem tá se lambeno pra pegá ele sou eu! — falei enquanto limpava meu punhal na calça. Depois perguntei:

— Você tem visto João Bezerra?

— Foi num foi, ele vem aqui na fazenda.— respondeu Domingos.

— Diga a ele que eu quero tê uma prosa com ele. Mas diga pessoalmente. Tamo entendido?

— Sim senhô Capitão.

---

[14] Lampião estava falando de Enadina esposa de Zé de Julião. Casal de Cangaceiro de muita confiança dele.

[15] A Fazenda Patos era de propriedade de Antônio de Brito, mais conhecido como Antônio Menino, pai de Dona Cira esposa do Tenente João Bezerra.

— Num se preocupe Domingos que eu e João Bezerra[16] num vamô deixa você desamparado e aquele safado do Lucena, num tem força pra tirá você daqui. Num precisa se preocupá. — e mudano de assunto perguntei — Domingos, você tem canoa pra atravessá a gente pra Sergipe?

— Tem quantos homens Capitão? — perguntou Domingos.

Nunca gostei de dizê pra ninguém quantos cabra andava comigo, nas naquela situação não tinha jeito.

— Tem dezesseis.

— Então tem que ser três chata. Eu só tenho duas, mas eu arranjo outra com Joça do Capim. — disse Domingos.

— Então se aveche, que eu quero parti hoje ainda. — Ordenei.

22:00h

Domingos não demorô e disse que as canoas tavam pronta. Eu perguntei quem era os canoerô e ele respondeu:

— Quem tá nas canoas é Joca do Capim[17], Né Correia e Erasmo Félix. — eram todos conhecido e de confiança, pelo menos foi o que eu pensei na época.

---

[16] O tenente João Bezerra, o mesmo que atacou Lampião em Angico, negociava com Lampião vendendo armas e munições. (ver mais na página 196).

[17] Jóca da Capim foi um dos canoeiros que atravessou Lampião de Alagoas para Sergipe, poucos os estudiosos do cangaço trata deste assunto. Encontrei a confirmação da história do Capitão no livro do padre pernambucano Frederico Bezerra Maciel, *Lampião seu tempo e seu reinado* Página 32

Antes de embarcá, chamei Enedina, sem que Maria visse e perguntei:

— Enedina, como foi o exame lá com o dotô?

— Oxente Virgulino, Maria num conto não?

— Se eu tô perguntano é porque ela num contô, ora!

— O Dodô disse que é só um problema besta na garganta, mas num é tuberculose não. É só tomá um remédio que ele passô, pra ela ficá novinha em fôia.

Aquela notícia foi um alívio muito grande pra min.

E agora? Santinha tinha sido salva por Nossa Senhora da Conceição e eu tinha que cumprí minha promessa. Precisava contá pra ela que finalmente a gente ia deixá o cangaço. Mas com o abuso que ela tava, num prestava nem chegá perto, eu ia esperá que ela se chegasse, pra me contá o resultado do dotô e só assim eu contava também a minha decisão. Mas ela foi até Angico sem trocá uma palavra comigo.

Eu tinha uma missão muito difícil naqueles dias que se aproximava: procurá um substituto para mim. Era uma missão difícil, mas eu tinha uma semana inteira para pensá.

Quando tava todo mundo embarcado, partimos para atravessá o rio São Francisco e ir para Sergipe, na outra marge. A viagem foi tranqüila.

"Arranjou três canoas com Domingos dos Patos, canoeiros, Né Correa, Erasmo Felix e Jóca do Capim."

Como veremos mais a diante, Joça do Capim foi o principal delator da presença de Lampião em Sergipe para as forças policiais em Piranhas. (ver mais na página 196)

Desconfiado, como sempre, pedi para os barqueiro deixá a gente no Sacão, um pouco distante da fazenda Angico, já pra os canoeros não sabê aonde a gente ia acampá.

O resto da noite a gente caminhou por dentro dos mato.

21 DE JULHO DE 1938 QUINTA-FEIRA

4:30h em Angico

Quando tava amanheceno, a gente já tava no Angico.[18] Lá, a gente tava seguro, ninguém tira isso da minha cabeça. Angico é um riacho que fica no meio de dois morros. De um lado, o morro das Perdidas e do outro a das Imburana. Pelas Perdidas a gente podia entrá e saí do riacho sem problema, agora pelas Imburanas era muito dificí, só quem conhecia o terreno era que se atrevia a subí, senão num conseguia, era muita macambira, unha de gato, mandacaru e tudo que é tipo de planta dificí de infrentá. O que muita gente chama de Gruta do Angico é um buraco, na parede da serra das Imburana e na beira do riacho. Foi na frente dessa grota e atrás de uma padra de um metro e oitenta de altura, por um metro e meio de largura que eu montei minha barraca.

Mandei que limpasse o local e montasse as tordas. Dentro do riacho era um verdaderô inferno. Os cabras tiveram que arrancá muito mato e

---

[18] Angico é um rio que fica no sítio que tem o mesmo nome, é um lugar de difícil acesso, ladeado por dois grandes morros: morro das Imburanas e morro das Perdidas. (Ver croqui na página 197)

limpá o terreno com umas inchadas que a gente consegui com Julho Felix.

O capitão curvou-se na direção de uma mesinha de centro e com as mãos trêmulas pegou uma caneta e fez um rápido desenho do local do acampamento, achei que pra se lembrar das distribuições exata das barracas, coisa que ele passou a falar em seguida. Eu parei de digitar, fiquei olhando atentamente para o papel, seguindo cada rabisco que ele fazia. Ele parou de desenhar, olhou para o papel, e como que se esquecendo de alguma coisa, fez um movimento rápido e voltou a desenhar. Ele começou a mostrar a localização de cada barraca dos cangaceiros que estavam acampados lá. Enquanto falava os nomes, ele ía acompanhando com o dedo, e eu, num esforço grande, tentava digitar e ao mesmo tempo acompanhar o capitão na sua explicação. E ele assim continuou:

Atrás da minha barraca e encostada no morro das Imburanas tava as barracas de: Zé de Julião e Enedina, Vila Nova, Zé Latão; Dividino barraca, dois em cada uma, vinha: Cajarana e Caxa de Fósco; Amoroso e Moeda; Elétrico e Diferente; No pé das Perdidas: estavam em uma, Balão e Merguião e em outra Quinta-Fêra e Vinte e Cinco.

Enquanto os home tava ajeitano o acampamento e as mulhé ia preparano os comê, mandei um cabra levá um recado pra Mané Félix. Mandei o home de confiança que eu tinha no momento, Zé de Julião, ir pessoalmente até a casa de Pêdo de Câindo, pra dissê que a gente tava em Angico e tava precisano de algumas coisa. Pêdo de Câindo era meu maió coitero que eu tinha naquelas banda e até o nome dele era um segredo que a grande maioria dos cangaceros num sabia. Num demorô e Julho Felix veio até o coito e trousse tudo que a gente pediu quando passô pela casa dele, antes de chegá em Angico. Aquele sim era cabra amigo.

09:00h Em Angico

Eu tava fazeno a barba quando um tocaia veio me avisá que Guilerme queria falá comigo. Guilerme era o nome de mentira, que Pêdo de Câindo usava quando vinha no coito[19]. Muitos cangaceros, cabras bom mesmo, depois do acontecido em Angico deu depoimento falano que Pêdo de Câindo era isso, que Pêdo de Câindo era aquilo, que num confiava nele. Poucos sabiam que era Pêdo de Câindo que entrava e saia do coito naqueles dias. Poucos sabiam o verdadero nome daquele coitero que eu chamava de Guilerme. Pêdo era uma peça fundamental para eu consegui arma e munição. Ele negociava direto com João Bezerra. Os outros coitero como Mané Felix, Julio Felix num tinha importânça, que

---

[19] Demorei muito pra encontrar nos trabalhos escritos sobre Lampião, alguma coisa sobre esse pseudônimo de Pedro de Cândido, só encontrei no livro de Alcino Alves Costa, *Lampião Além da Versão - Mentira e mistérios de Angico*. Na página 426 o escritor diz o seguinte:

> O que pouca gente sabe é que Pedro era tão especial aos interesses de Lampião que tinha o seu nome verdadeiro preservado, sendo chamado de Guilherme, escondendo, assim, a sua verdadeira identidade, tal era o seu valor e a sua importância no serviço de ligação entre cangaço e volante e o estreito elo que unia Lampião a João Bezerra.

os cabras conhecesse porque eles só conseguiam comida, roupa, coisa besta, mas arma, tinha que sê o mais escondido possível.

Pêdo desceu até o acampamento e eu pedi para ele levá um recado pra Zé Sereno, Labareda e Curisco, dizeno que na quarta-fêra eu queria todos eles lá, pra uma reunião. Eu perguntei:

— Guilherme, você sabe onde incontrá Zé Sereno, Luis Pêdo, Labareda ou Curisco?

— Sei não seu Capitão, eu só sei onde tá Labareda, e Luis Pêdo, o resto eu num sei não senhor. Agora quem deve sabê é Eráclito.

— Então procure Labareda e Luis e diga que eu quero eles aqui pra uma reunião na quarta-fêra e diga também que o assunto e muito importante.

— Sim senhô Capitão.

Meu objetivo com a reunião era dá a notícia do meu afastamento do cangaço e dizê quem ía ficá no comando. Os quatros homens que tinham condições de me substituí[20] eram: Luis Pêdo, Curisco, Zé Sereno ou Labareda.

Me afastei ainda mais de perto do pessoal pra que ninguém escutasse a conversa e empurrano o dedo no peito de Pedô, perguntei:

— Você tem como localizá João Bezerra?

— Ele tá em Pedras.

---

[20] Os motivos que levaram Lampião a querer reunir os subgrupos em Angico era um grande mistério para os pesquisadores. Descobri várias versões. (Ver mais na Página 197)

— Vá pessoalmente atrás dele e diga que sábado eu quero ter uma prosa com ele.

— Sim senhô Capitão.

— Então vá, que você já tá atrazado.

Quando pêdo ia saindo eu me lembrei que a gente tava quase sem leite e disse:

— Ah! Eu já ía me esqueceno! Diga a Durval, seu irmão, para vir aqui amanhã que eu tenho uma encomenda pra fazê pra ele.

— Capitão, o senhor sabe que Durval é muito novo e fica com muito medo toda vez que o senhô chama ele.

— Aquele moleque já deve tê uns vinte ano, num tem? — perguntei, porque fazia uns três ano que eu num via Durval.

— Tem não seu Capitão. Ele só tem dezoito, é por que o danado é muito crecido, ai a gente pensa que ele é mais veio...

— Tudo bem Pêdo, tudo bem. Mas vá e faça o que eu mandei.

— Sim senhô Capitão.

Quando Pêdo de Câindo saiu do coito era mais ou menos onze horas,

Todo tempo que ele ficou no coito era eu tratado ele pelo nome de Guilerme.

15:00 em Angico

Chegou outro cabra de maió confiança que eu tinha, Mané Félix, o único coitero que eu deixava andá e até viajá comigo. Quando ele chegô, eu perguntei:

— Ô Mané, Joaquim Rizéro ainda mora no mesmo canto?

— Mora seu capitão, por que?

Notei no olhá de Mané que ele pensava que eu queria vingança. Ai falei:

— Num precisa se preocupá, que eu só quero tê uma prosa com ele

Mané tinha seus motivo porque Joaquim Rizéro era meu inimigo mortal, mas era amigo dele também e ele nada tinha contra Joaquim, por isso ficou preocupado, mas assim que eu disse que num era vingança ele respirô mais a vontade e disse:

— Agora, seu capitão, ele só ta em casa de noite porque passa o dia trabaiano.

— Então a gente vai na casa dele na boca da noite. — falei

Quando a gente tava pronto pra saí, chegou Luis Pêdo com sua tropa.

17:00h em Angico

Chegaram os cabras de Luis Pêdo[21], já respondendo ao aviso de Pêdo de Câindo. Ao recebê eles, determinei que Luis montasse sua torda junto da minha que ele era meu cumpade e eu gostava muito dele, os outros montaram as torda um pouco mais acima no leito do rio. Como o rio era muito cheio de pedra e árvore os cabras de Luis ficaram a uma

---

[21] Luis Pedro era, na época, o cangaceiro de maior confiança de Lampião. Eles eram compadres e Luis estava há muitos anos na vida de cangaceiro.

distância de mais ou menos vinte e cinco braças[22] da minha barraca. Lá foram montadas as barracas de: Tempo Duro; Criança e Dulce; Cajazêra e Candiêro; Tempestade e Manguera; Macela e Cão coxo; Alecrim; Canjica e Pitombêra.

Em cima das Imburanas e das Perdidas, estavam mais três ou quatros, de tocaia, Relampo, Marinhêro e Chá preto e outro, que num me lembro agora. De duas em duas horas as tocaia era trocada.

Num deixei nem Luis descansá e disse que a gente tinha que fazer uma viagem. Quando Santinha escutô eu falano que ía saí, deu um pulo e resolveu falá comigo só pra brigá:

— Você já vai atrás de rapariga num é Virgulino.

— Ah! então você ainda pode falá. Eu pessei que tinham cortado sua língua também junto com o cabelo.

Quando eu falei no cabelo de novo, ela fechô a cara novamente porque sabia que tava errada:

— Eu tô indo resolvê um problema ali e já volto, e o melhó que tu faz é ir preparano a janta, porque quando eu voltá vamo tá com um a fome da mulesta. — disse isso e saí.

Me acompanhano foram: Mané Félix, Luis Pêdo, Elétrico e Merguião.

---

[22] Uma Braça corresponde a 2,2 metros. Logo, segundo o capitão, as outras barracas ficaram a 55 metros de distância. Uma distância que, por culpa do terreno, dificultava a comunicação entre as barracas.

19:00h na Capoeira

Chegamos na bêra do rio São Francisco e tava um movimento muito grande, então esperamos dentro dos mato. Quando escureceu de tudo, mandei Mané ir chamá Joaquim. Me lembro como se fosse hoje, Mané, com os oios arregalado, perguntô:

— O que é que eu vou dizê ao home capitão, se eu falá no seu nome ele num vem nem amarrado.

— Diga que eu venho em paz e tem minha palavra que, nem ele, nem a famia dele, vai sofrê nada.

Quando eu disse aquilo, Mané ficou mais tranqüilo e Luis Pedro foi quem me olhou meio diferente, porque Luis pensava que a gente ia matá Joaquim, todo mundo sabia da minha inimizade com ele. E inimigo meu, eu tiro da face da terra.

Demorou uns vinte minutos e Mané chegou com Joaquim, o home vinha branco que só a uma foia de papel.

— num carece de se aperiá não cabra. Eu num dei minha palavra? Palavra do Capitão Virgulino ainda vale nesse sertão. Ou num vale?

O cabra era de corage mesmo. Ele ficou me olhando nos olhos e disse:

— Eu só vim porque o portadô foi Mané e o senhô tinha dado sua palavra. O senhô pode tê todo os defeito do mundo, mas sempre cumpri com a palavra.

— Fico agradeci com o reconhecimento. — falei rindo para quebrá o clima pesado e continuei:

— Gostaria de tê um minuto de prosa com o senhô em particulá.

— Claro seu capitão.

Eu vi muito cabra até se mijá quando eu dizia que queria falá em partícula, mas ele nem pestanejô. O cabra era macho mesmo. A gente afastou e eu iniciei:

— Joaquim eu sei que você é um home direito e eu num acho justo tá com perseguição com você e sua famia, por isso eu estou aqui pra lhe dizê que você num precisa se preocupa mais comigo, nem com qualquer cangacero que tivé sobre minhas orde. Agora num tome isso como froxura de minha parte não, e nem saia dizeno por ai que Lampião ficou com medo... esses coisas... porque eu tô fazeno isso em respeito a você num é por medo não.

— Num se preocupe capitão que eu num sou home de andá conversano bestera não, apesá de nossa inimizade eu sempre tive o senhô como um cabra de corage.

— Então eu já me vou. — eu falei para encerrar o assunto.

— O Capitão num que ir atá minha casa, tomar alguma coisa?

— Fica pra outra vez. Inté.

Quando eu voltei, tava Luis Pêdo e Mané olhano pra mim como se visse um fantasma ai eu falei:

— Vamos simbora cambada, que meu bucho ta colano nas costa de tanta fome.

22:00h Em Angico

Quando chegamos em Angico a turma tava toda animada demais prá o meu gosto, aí eu disse a Luis que reunisse a tropa dele e lembrasse que aquela semana era de luto e eu num queria muita zuada não. Fiz o mesmo com o meu pessoal.

Depois da janta Santinha se juntô com Enedina e foram coversá num canto, eu sabia que o assunto da conversa era eu, mas fazia de conta que num tava nem veno.

Assim que terminamo o Ofício de Nossa Senhora eu fui dormi. Santinha chegou, deitou-se e num disse uma palavra. Ai eu pensei comigo: eu vou vê ate onde essa danada vai sem falá comigo. Eu tava doido pra dizê a ela que a gente ía se afastá do cangaço, mas quando agente é novo, é muito teimoso e eu pensei: só conto quando ela me contá o resultado da consulta com o dôto lá em Própria.

Adormecemos e dormimos tranqüilos.

22 DE JULHO DE 1938, SEXTA-FEIRA

05:00h, em Angico

O dia amanheceu um pouco nublado como se fosse chovê a qualquer minuto, aquilo me deixou preocupado, porque se chovesse, podia enchê o riacho e ficá difícil nosso acampamento ali. As mulhé prepararam o café e depois eu reuni todo mundo pra rezá o Ofício.

06:00h, em Angico

Depois do Oficio começaram as atividades normais com o café da manhã que tinha inhame com carne de sol, leite de vaca e café.

Depois, mandei que os home limpasse um terço das armas a cada dia, porque não se podia fazê limpeza em todas as armas ao mesmo tempo. E se a gente precisasse delas? Como ia ficá? Se tava tudo desmontada. Não, era um pouquinho a cada dia. As mulhé assim que terminava o café, iniciavam a prepará o almoço.

O que os cabras mais gostava de fazer era jogar 21, mas naqueles dias de luto eu não jogava. Então fiquei na minha torda leno revista e jornal que também era divertido, principalmente quando trazia notícia sobre a gente. Às vez falavam a verdade. Às vez era uma mentirada da mulesta, mas eu gostava.

A partir daquele momento o ex-soldado Galeão iniciou sua declaração.[23]

Depois do ataque a Angico, fiquei na cidade de Piranhas conversando com soldados, com coiteros e com civis, pra juntar, o que eles sabiam, com o que eu mesmo presenciei. Foi então que descobrir toda a safadeza.

Eu e Antôe Jacó tava tomando cachaça e comendo pitú, que era o tira-gosto que Antôe mais gostava, então ele contou todo o plano

---

[23] Pesquisei muito à procura do nome desse soldado como integrante da volante que atacou Angico. Poucos pesquisadores tinham o conhecimento da presença desse soldado na volante do aspirante Francisco Ferreira. Encontre citação sobre ele no livro de Juarez Conrrado, *A Última Semana de Lampião,* na página 71, onde temos inclusive a sua localização quando do ataque.

O aspirante Chico Ferreira, com Pedro de Cândido junto, colocou seus homens próximo ao riacho, enquanto Galeão, com outro grupo, cobria o lado da serra, perto da Umburana, deslocando-se Aniceto para a Santa Cruz, onde Antonio José, Irmão de D. Guilermina, e também amigo e coitero de Lampião, tinha sua residência.

arquitetado pelo sargento Aniceto e por Joca do Capim e executado por Durval. O plane era pra matar Lampião envenenado.

08:00h, em Piranhas

Naquela sexta-feira, dia seguinte da conversa com Lampião, Pêdo de Cândido tava em Piranhas, pra cumprir as determinações recebidas. Quando tava perto da prefeitura, Joça do Capim[24] chegou perto dele e, quase como se adivinhasse o que tava acontecendo, perguntou:

— Bom dia Pêdo, como vai?

— Bom dia Joça, eu vou bem, e você?

— Como Deus qué, Pêdo! Como Deus qué! Pedro, tão dizendo que por aí tá cheio de cangacero. Tudo acoitado. Tu tá sabendo?

— Não Joça. Eu num sei de nada.

— Será que é Lampião Pêdo? — Perguntou Jóca, querendo saber se Pêdo sabia quem eram os cangaceiros e se era o bando de Lampião.

Jóca tinha atravessado os cangacêros, em sua canoa, a pedido de Domingos dos Patos, na quarta, mais não tinha certeza se era realmente Lampião ou outro bando. E não deu para ele identificar onde os cangacêros iriam acoitar. Tentava com aquela conversa descobrir se Pêdo tava dando proteção aos cangacêros. Vendo a intenção do amigo, Pêdo de Cândido ficou com muita raiva, porque ele sabia que Jóca da Capim não era de confiança. Para dar um basta na conversa Pêdo disse:

---

[24]João Almeida Santos, mais conhecido como Joca do Capim ou Joca Bernardo era vaqueiro da fazenda Capim e coiteiro do Corisco.

— Você não precisa se preocupar não Joça, que mesmo que tenha cangacêro por perto, eu só sei de uma coisa: Querosene num tá por perto não!

Ao escutar aquilo, Jóca não disse mais nada. Mas não podia esconder da cara o ódio que invadiu sua mente. Ele se afastou sem dar mais uma palavra com Pedro de Cândido. Todos na cidade e nos arredores comentavam o envolvimento da sua esposa com o cangaceiro Querosene. Isso provocava em Jóca um ódio mortal pelos cangacêros em geral. Ele era coitero particular de Curisco, mas não era por amizade não, era por medo mesmo.[25]

Pedro de Cândido foi fazer seus serviços e Joça, com muita raiva, mas sem poder fazer nada pessoalmente contra Pedro, decidiu procura o sargento Aniceto.

---

[25] No livro do Pesquisador Frederico bezerra Maciel, *Lampião, Seu tempo e Seu Reinado*, V, na página 43, explica o motivo da raiva do Joca do Capim:

> Sua esposa, vez por outra, dava escapulidelas, que despertavam desconfianças do marido e lhe deram pistas seguras que ela prevaricava com o cangaceiro Querosene. Em casa, escrachantes discussões. Ela negava e só escapou de pisa porque ameaçou dizer ao cangaceiro.

16:00h em Angico

Chamei Luis Pêdo e disse:

— Luis vá buscar Durval, que mandei ele vim hoje aqui e a peste ainda não chegô[26].

Luis chamô mais dois cabras e saiu. Num demorô muito não e Luis voltô com Durval que vinha branco como uma vela. Chegou perto de mim e eu fiquei calado esperano pra vê a reação dele.

O irmão dele disse que ele era muito novo, mais comigo num tem isso não, é de novo que se aprende a sê home. Ele escapô porque eu tava de luto senão eu tinha mandado lhe dá umas lapada, só pra ele aprendê que quando Lampião chama alguém, não qué demora. Ai todo sem jeito, ele falou:

— O senhor mandô me chamá, Capitão?

— Desdi onte! Por que tu demorô? — Perguntei sem olhá pra cara dele.

— Capitão eu tava juntano o gado pra matá e vendê a carne na feira de Pão de Açúcar e assim que terminasse eu tava vino falá com o senhô. Meu irmão me deu o recado.

---

[26] Durval Rodrigues Rosa, era irmão de Pedro de Cândido, ele falou desse encontro em seu depoimento ao pesquisador Antonio Amaury Correia de Araújo, no importante livro *Assim morreu Lampião,* na página 99. Só que Durval disse, que o cangaceiro que levou ele até o coito era Zé Sereno e não Luis Pedro. (Veja parte do depoimento na página 199).

Realmente ele tava com a roupa de couro cheia de espinho, tudo indicava que ele tava trabalhano. Mas eu num sabia que ele matava boi, então perguntei:

— Quanto tempo faz que tu mata boi, que eu num sabia?

— Já faz um ano e pouco capitão. — respondeu o rapaz.

— Então eu quero encomendá uma manta de boi bem boa.

— Eu mato o boi hoje e a carne fica boa amanhã. Posso trazê amanhã?

— Pode, e pode voltá pro seu trabaio. Eu preciso dizê que num é pra contá a ninguém?

— Num precisa não senhô. Eu sei que num pode contá pra ninguém.

Durval saiu e foi tentá juntá o resto dos boi que vinha tangeno. Luis me contô que quando encontrô Durvá, os bois ganharam os mato e agora ele tinha que juntá tudo de novo e foi aquilo que fez com que ele ficasse com tanta raiva da gente a ponto de tê feito a traição que fez. Se eu tivesse adivinhado, teria metido uma bala na cabeça daquele cabra safado ali mesmo.[27]

---

[27] O capitão estava se referindo à traição que Durval Rodrigues Rosa, junto com outros, armou contra ele e todos que estavam acoitados ali naquela semana. Este coitero ficou inocente para a história, mas como veremos adiante, ele foi um dos principais articuladores do plano que levou as tropas da polícia a atacar os cangaceiros no dia vinte e oito.

16:00h em Piranhas

Jóca do Capim procurou o sargento Aniceto Rodrigues, que fazia parte da volante do tenente João Bezerra, e disse:

— Bom dia Sargento.

— Bom dia. — o Sargento falou sem nem olhar pra cara dele

— Sargento, tenho noticia de cangacêro. — Falou isso com a voz muito baixa.

— Que tipo de notícia você tem. — O Sargento Aniceto perguntou sem dá muito cartaz porque não gostava dele, mas sabia que era o tipo de coitero interessante pra polícia, porque era covarde.

— Tem cangacêro por perto sargento e pelo movimento é Lampião.

— E onde é que estão Joca? Você sabe? — Falou com ironia.

— Num sei não Sargento, mas sei quem sabe.

— Então diga logo home, senão eu acabo achando que quem tá escondendo é você.

— Deus me livre de ser coitero sargento, agora pode apertar Pêdo de Cândido que ele sabe.

— Pêdo de Cândido! Você tem certeza Jóca, vou avisar ao Tenente João Bezzerra.

— Certeza, certeza eu num tenho, mas eu tenho certeza de uma coisa: se a gente avisar ao tenente agora, Lampião vai tá sabendo ainda hoje mesmo.

— O que é que você que dizer com isto seu safado! — explodiu o sargento.

— Nada sargento! Quem sou eu pra falar do Tenente, é que ele tá lá em Pedras e daqui que ele venha pra cá... O senhor sabe como é, corre alguém e avisa aos cangacêros.

— E você tem alguma idéia melhor? — perguntou o sargento Aniceto

— Por que a gente num avisa a Antôe Jacó?[28]. Eu tenho certeza que ele ía gosta da notícia.

— Num sei não Jóca, Antoe Jacó é meio doido...

— Ele é doido é pra matar Lampião, isso sim. — completou Jóca.

Depois de pensar um pouco o sargento achou que era bom ter uma reunião com Antoe Jacó. Então acertaram uma reunião à noite, na budega de João Inácio.

20:00h em Piranhas

O sargento Aniceto convidou o soldado Antoe Jacó pra tomar cana, na budega de João Inácio, disendo que tinha uma pessoa que sabia da pista de Lampião, nas não disse quem era, porque se Antôe soubesse que se tratava de Joça do Capim, era capaz dele num ir pro encontro, simplesmente porque ninguém gostava de Jocá.

Quando Jóca do Capim chegou na budega, o sargento Aniceto já estavam esperando com um pouco de impaciência. Assim que Antoe Jacó viu Joça, disse ao sargento:

---

[28] Antônio Jacó ou Mane Veio, como era chamado, era um soldado muito valente da volante do tenente João Bezerra e tinha um verdadeiro ódio de Lampião, por ser o causador da morte do deu tio Elias.

— Sargento, pelo amor de Deus, esse home é coitero de Curisco. Isso num vale nada. Ele é safado igual aos cangacêros. Isso num merece confiança não.

Após acalmar Antoe Jacó o sargento falou:

— Antoe, ele tem informação importante sobre os cangacêros.

— Qual informação você tem? — Antonio Jacó perguntou, já se interessando.

— Seu Antoe, Pêdo de Cândido sabe onde os cangacêros tão. Ele tá acoitando eles, e é aqui pertinho.

— Grande novidade Jóca, todo mundo sabe que Pêdo de Cândido é coitero do cego. — explodiu Antoe Jacó.

— Eu num sei se é Lampião não, só sei que tem cangacero por perto. — disse Jóca.

— Você tem certeza? — Perguntou Antoe Jacó olhando bem na cara do vaqueiro.

— Tenho sim senhor. Como eu disse ao sargento, não tenho certeza se é Lampião, só sei que Pêdo sabe quem é, e aonde tão.

— Então sonde melhor, procure saber se é realmente o cego, que eu tô doido pra trocar bala com ele. — disse Antoe se levantando e saindo. Antes de ir embora ainda se virou para o lado e disse:

— Sargento, vem cá por favor.

Eles se afastaram de onde Joca tava e Antoe Jacó disse ao sargento:

— Sargento, o senhor fique de olho nesse cabra e se ele descobrir coisa melhor sobre os cangaceros, me avise.

Eles se despediram e foram cada um pra seu lado.

20:00h em Angico

O resto da tarde e a noite foi tranqüila, finalmente Santinha se chegô e contô que não tava tão doente, mas precisava de descanço e tinha que pará com aquela vida de corre-corre, senão num ia ficá boa nunca. Ela disse também que era obrigação minha tirá ela dos mato e leva pra cidade e que eu tinha que ir de todo jeito com ela. Era mais uma tentativa de me convencê, a força, a deixá o cangaço, isso me deixou com raiva, porque eu já tinha decidido fazê isto, num precisava ela vir mandá em min. Por aquele motivo adiei mais uma vez a notiça da nossa saída da vida nas caatinga. E disse a ela:

— Santinha, quem decidi a hora de sai dos mato sou eu.

foi o bastante para ela da uma rabiçaca, fechá a cara e sair de novo com raiva. Quando ela saiu, eu fiquei rino e aquilo deixou ela com mais raiva ainda. Mas eu tinha certeza que, quando eu desse a notícia, ela ira ficá tão contente que ia esquecê, tudo.

O capitão fez menção com a cabeça informando ao ex-soldado galeão que tinha encerrado a sua história, como se fosse para ele iniciar a parte dele, mas o ex-soldado que estava perto da hora do almoço.

Foi feito a mesma seqüência do dia anterior: rezamos, almoçamos, tiramos um cochilo e as 14:00h estávamos pronto para reiniciar os trabalhos

O capitão retomou a história

23 DE JULHO DE 1938, SÁBADO

10:00h em Angico

No sábado eu tava esperano a chegada de Pêdo de Câindo, ele vinha avisá sobre o encontro com João Bezerra, quando foi às dez hora um cagacero veio avisá:

— Capitão, Guilerme tá ai.

— Mande ele descê.

— Sim senhô. — respondeu o cangacero que tava de tocaia.

Um minuto depois Pêdo desce e apertano minha mão e diz:

— Bom dia seu Capitão eu troce o home — ele falou em voz baixa, por que meus negócio com João Bezerra, eram muitos secretos e só quem era de muita confiança minha tinham conhecimento.

— E onde ele tá? — perguntei.

— Capitão, o tenente João Bezerra tá na beira do Rio São Francisco.

— Diga a ele que vá pras Imburanas.

Chamei Luis Pêdo e depois de uma meia hora, fomos pra o encontro. Pra ninguém desconfiá a gente saiu normalmente pelas perdidas e quanto a gente tava no alto, demos a volta pela esquerda e umas noventa braças depois descemo de novo as Perdidas e subimo as Imburana. Quando a gente chegou lá, João já tava esperano. Sempre que eu precisei, ele me ajudô. Para o encontro levei um litro de Cavalo

Branco de presente pra ele e ficamos ali conversando até as duas horas da tarde.

O tenente João Bezerra ganhava muito dinhero comigo. Sempre que eu precisava de arma e bala, bastava um contato, que eu e ele, fazia bons negócio.

Naquele dia, veno que João Bezerra tava com uma cara de preocupado, perguntei:

— O que foi que aconteceu João? Tá com cara que viu fantasma?

— O capitão Zé Lucena tá me aperriano muito, ele recebeu ordem pra arrochá o cerco contra vocês e parece que ele sabe dos nosso negócio e tá de olho em min, recebi informação de pessoa de minha intera confiança.[29]

— Eu tinha muitas conta pra acertá com Zé Lucena, mas infelizmente num consegui — falei no passado porque depois daquela semana, eu não faria mas parte do cangaço.

Acho que o tenente João Bezerra viu que eu tinha ficado um pouco pensativo, disse:

— Vamo deixá isto pra lá capitão. Por que o senhô mandô me chamá?

— João, eu quero comprá quinhentas bala de mosquetão, mil bala de barabelum nove milímetro.

— Pra quando o senhô que isso?

---

[29] O capitão José Lucena era inimigo antigo de Lampião: em 1921, como sargento, comandou os soldados que executaram o pai de Lampião seu José Ferreira. Em 1938 ele era capitão e comandava as ações de combate ao cangaço no estado de Alagoas.

— Quero prá quarta-fêra pela manhã.

— Quarta, capitão? Tá muito em cima.

— Eu quero ficá aqui nesse buraco só até quarta. Eu sei que você consegue. Estou disposto a pagá o dobro do que foi pago da última vez por cada bala.

— Vou tentá capitão.[30]

Eu acho que o tenente só veio atacá a gente na madrugada da quinta-fêra porque eu disse naquele encontro que pretendia saí na quarta, mas essa história eu conto depois.

O negocio foi fechado e agente ficô conversano sobre outros assuntos. O tenente ficô bebeno conhaque e guardou o wisque para tomar depois. Ele sempre foi um grande mão de vaca. Eu num tava bebeno porque tava no luto, mas ficamos ali até as duas horas da tarde.

18:00h em Angico

A tarde tinha sido nublada e muito quente. A gente tava pronto pra jantá, quando fomos interrompido por Durval que vinha trazê a carne de boi que eu tinha encomendado. Ele ficou meio sem jeito por tê interrompido a janta. Notano o embaraço do rapaz eu falei:

---

[30] No livro, *Lampião o homem que amava as mulheres*, do Professor Daniel Lins, sociólogo, filósofo e psicanalista da UFC, fala da personalidade do policial alagoano que ficou com a fama por ter matado Lampião.

> [...] Bezerra era um espertalhão, oportunista, mais preocupado com o dinheiro que com a honra![...].

— Se adiante Durval. Tá de tocaia é? Parece que esperô pra chegá na hora certa. Venha comê, tem muita comida.

— Num precisa se preocupá não seu capitão, eu já jantei.

— Deixe de pantim rapaz e se aprochegue, que eu já tive sua idade e sei que uma janta só num enche o bucho.

Como se não quisesse, Durval se aproximou, e disse:

— Capitão, eu trusse a carne que o senhô encomendô.

— Traga pra cá, que eu quero vê — falei me levantano. Chegano perto dele examinei a carne e falei:

— Luis! Vem cá pra tu vê que carne bonita. Rapaz você sabe mesmo como fazê uma carne de sol.

— A carne ta muito boa capitão. Quando é que ele tá cobrano? — perguntou Luis Pêdo.

Não me lembro quanto foi que Durval pediu, mas o que eu lhe dei, foi mais ou menos, três vez o valor que ele pediu.

Aproveitei a oportunidade e pedi:

— Durval, estamo precisano de conhaque cavalinho e cinzano, quero que você compre seis litros de cada um pra mim.

— Capitão, eu num tô acostumado com essas coisa, que eu nunca comprei. O pessoá vai disconfiá. — falô gaguejano.

Ele tinha razão. Ele era muito novo pra tá comprano bebida, e logo muita, então eu disse:

— Vá então pra Pão de Açúcar e procure Erasmo Félix e diga que eu mandei ele comprá. Tome aqui o dinheiro.

Tirei uma certa quantia de dinhero do borná e passei para ele, que disse que eu não me preocupasse que o dinheiro seria entregue a Erasmo.

O ex-soldado Galeão retoma sua história.

20:00h em Piranhas

Quando Durval chegou em casa, tinha um recado do irmão Pedro de Cândido querendo falar com ele com urgência, na budega de João Inácio, na cidade de Piranhas.

Sem desconfiar de nada, ele pegou um barco e atravessou o rio São Francisco e chegou na cidade de Piranhas. Ele não sabia do que se tratava.

Jóca do Capim era muito esperto e não foi praquele encontro.

A budega de João Inácio era pequena e vendia mais cachaça do que qualquer outra coisa. O sargento tinha um prego lá. [31]

21:00h em Piranhas

Quando Durval chegou e só encontrou o sargento Aniceto e o soldado Antoe Jacó em uma mesinha no canto, ficou um pouco sem jeito e perguntou ao dono do bar:

— Pêdo esteve aqui?

— Não Douval, já faz alguns dias que num vejo Pêdo. — respondeu o velho Inácio.

O sargento Aniceto se levantou, foi até onde tava Durval e pediu ao dono do bar para trazer outra garrafa de cana. Quando João Inácio se afastou, ele virou-se para o rapaz coitero e perguntou:

---

[31] Prego, na fala do matuto, é uma conta ou crédito para comprar e pagar depois.

— Durval, num é muito tarde pra um rapaz tão novo está fora de casa?

— O meu irmão mandou me chamar e minha mãe sabe que eu vim pra cá.

O sargento Aniceto aproximou sua cara, da cara de Durval e com um hálito de cachaça que quase fez o rapaz vomitar, falou em voz baixa:

— Rapazinho, num faça zuada, quem quer falar com você num é o seu irmão, é a polícia. Vamos lá pra mesa, e num se preocupe que a gente num tem nada contra você.

Depois de receber a cana, Aniceto levou Durval pra mesa deles. Na mesa, o sargento Aniceto iniciou a conversa:

— Durval, nós estamos sabendo que tem cangacêro lá no outro lado do rio e a polícia quer que você ajude a gente.

— Eu num sei de nada seu sargento. — falou Durval, tremendo.

Até aquele momento o soldado Antoe Jacó tava calado, mas com a resposta do coitero ele não se agüentou e explodiu com sua ignorância, que já era conhecida:

— Olha aqui Durval! Eu sou seu primo e você devia confiar mais em mim. Eu num sei por que vocês ajudam aquele tipo de gente. Pelo que eu tô vendo, vocês é safado como eles...

— Calma Antoe! Quem disse que o rapaz num vai ajudar. Ele só não se lembra agora, mas vai se lembrar. — falou o sargento Aniceto com um tom de chacota e encarando o rapaz continuou — Durval, num proteja essa gente, que na primeira oportunidade eles te pregam uma presepada.

Após pensar um pouco Durval falou:

— Sargento, eu num sei ao certo se tem ou se num tem cangacêro, mais eu vou observar e digo ao senhor depois.

Ele tava querendo era ganha tempo e pensar se valia a pena ou não entregar os cangacêro. O motivo ainda não se sabe, só se sabe e que ele resolveu ajudar os militares e concordou em fazer parte do plano que naquela noite se iniciava. Ele deve ter se lembrado do encontro que teve com Luis Pedro, quando os bois que ele vinha tangendo se assustaram e ele não teve como juntar de novo. Se foi aquilo mesmo, ele deve ter ficado com muita raiva pelo prejuízo que teve com a fuga dos bois.

O Capitão Virgulino voltou a usar a palavra.

24 DE JULHO DE 1938, DOMINGO

06:00h em Angico

Depois do Ofício, reuni todo mundo porque eu tava preocupado que tinha muita gente no mesmo acampamento, e determinei que os cuidado fosse aumentado.

11:00h em Angico

A gente teve a visita de Pêdo de Câindo. Ele trousse de presente pra min um bocado de torrado, que o meu já tava no fim. Ficamos conversano até às 3 hora da tarde.

O resto do domingo foi tranquilo, fora estas duas passagens, nada de diferente aconteceu.

O capitão passa a palavra para o ex-soldado Galeão

11:00h Em Piranhas

No domingo não tive notícia de movimentação nem da polícia nem dos traidores. Tudo correu normal.

O capitão fez um movimento com o dedo indicador e o ex-soldado parou sua declaração.

O capitão olhou para o relógio e disse que faltavam dez minutos para as 18:00 horas e que não dava tempo para mais nada. Ele levantou-se, e nós fizemos o mesmo. Fomos para a sala rezar o Ofício de Nossa Senhora e depois jantar.

Era incrível como o tempo tinha voado. Eu tinha me sentado no computador às 14:00h e sem que eu percebesse tinham se passado quase quatro horas.

O jantar, como no dia anterior, era um banquete, mas uma coisa me chamou a atenção: o capitão tinha uma dieta interessante, ele comia muitas frutas e verduras. Na mesa tinha cuscuz, macaxeira, inhame, carne de charque, bode e uma suculenta rabada, mas o capitão comeu salada e um pouco de cuscuz com leite e café preto.

Após o jantar nos recolhemos aos nossos quartos. Foi aí que tive a idéia de pedir ao capitão que me deixasse gravar a conversa, porque eu teria uma prova mais consistente em minhas mãos, ou então deixasse que eu tirasse uma fotografia com eles no final, para eu poder botar na matéria de jornal ou livro. Na época, eu não sabia o que ía fazer com aquelas informações.

Com estes pensamentos adormeci e às 05:00h fui despertado pela mesma senhora dizendo que eu estava atrasado de novo.

Enquanto eu estava me arrumando pensava: a que horas aqueles velhos acordavam. E mesmo se eles dormiam.

Quando terminou o café da manhã, fiz a proposta da gravação e escutei a seguinte resposta:

— Tenente, o capitão Virgulino Ferreira veio prá esse mundo, foi pra complicá e não pra facilitá, o senhor só vai tê a história pra contá e mais nada.

De volta ao computador, sentamos nos lugares de sempre e reiniciamos os trabalhos.

Naquela oportunidade o ex-soldado Galeão iniciou a historia.

25 DE JULHO DE 1938, SEGUNDA-FEIRA

07:00h em Piranhas

O sargento Aniceto foi até a casa de Jóca do Capim e confessou:

— Jóca, eu num consegui dormi direito ontem, com a cabeça só pensando. Eu tive uma idéia que pode dá certo: e se a gente envenenar a comida do cego.

— Pode tirar seu cavalo da chuva sargento, que Lampião não cai nessa nunca mais.[32] Por que o senhor não chama o tenente João Bezerra, reúne as volantes e acaba de uma vez com aquele cego?

— Você é burro Joca? Você sabe os motivos que eu num chamo o tenente. E num é fazendo zuada que se pega cangacêro como Lampião; com ele, tem que ser com menos gente e mais jeito. [33] Qual a bebida que lampião mais gosta Joca?

— Meu sargento, o senhor pergunta logo a mim. — disse baixando a cabeça, se fazendo de inocente — Eu sei lá qual é a bebida que cangacero gosta.

— A eu esqueci, você num sabe nada de Lampião, mas se fosse de Curisco você sabia, num é Joça? — O sargento disse para lembrar a Jóca que ele sabia da ligação dele com o cangaceiro Curisco. Quando Jóca escutou aquilo ficou brando e respondeu meio gaguejando:

— Sargento eu acho que ele gosta é de cinzano.

Foi com aquela frase de Jóca do Capim, que eles cometeram o primeiro erro no plano para matar o capitão, antes mesmo de ser posto em prática.

---

[32] Todas as tentativas de envenenar Lampião foram frustradas. A literatura mostra como principais as seguintes: Em Aurora, planejada pelo coronel Arruda, amigo de Lampião, e o Major Moisés; Na fazenda Pouso Alegre a polícia conseguiu que coiteiros levassem comida envenenada. Nas duas oportunidades os planos foram descobertos por Lampião.

[33] Existia uma grande ambição em pegar Lampião, pois o mesmo andava sempre com muito ouro e dinheiro e as volantes tentavam a qualquer custo usar o mínimo de tropa possível, só assim, eles teriam um lucro maior.

— Aquele cego e metido a merda mesmo! Vive no meio do mato e ainda que tomar cinzano. — desabafou Aniceto.

— Ele toma tudo sargento, mais se puder escolher ele prefere as bebidas mais finas como wisque, conhaque e cinzano...

O coitero Jóca pensou rápido e vislumbrou outra idéia para complicar ainda mais a vida de Pêdo de Cândido e completou:

— Sargento, preste atenção: Lampião não bebe nem come nada, sem que antes seja provado pelos coiteros que levam. Ele é desconfiado demais. Agora dizem que se a bebida for levada por Pêdo de Cândido, Lampião nem manda provar nem nada, ele confia muito em Pêdo.

— Essa informação foi muito boa Jóca. Estou começando a gostar de você.

10:00h Em Pão de Açúcar

Durval estava na feira da cidade de Pão de Açúcar como fazia toda semana vendendo carne de sol. A todo instante olhava para ver se via Erasmo Felix. Certo momento, ele viu Erasmo conversando com algumas pessoas, esperou que a conversa terminasse, foi até lá e disse para ele comprar as encomendas do capitão.

Foi feito como o solicitado, os seis litros de conhaque cavalinho e cinco de cinzano foram colocados nos caçuá que Durval levava carne e quando terminou a feira, ele levou pra o capitão.

10:30h Em Piranhas.

O soldado Antoe Jacó encontrou-se com o sargento Aniceto e perguntou:

— Sargento, o senhor acha que a gente deve acreditar realmente na conversa do corno do Jóca do Capim?

— Eu num sei Antoe, só sei que se for verdade, Lampião nunca teve tão perto da gente como agora. Eu acho que é a hora da gente pegá ele pela boca, vou oferecer dinheiro pra Durval levar veneno pra o coito.

— O senhor vai matar é matar o popredo Durval! O senhor sabe que Lampião vai fazer ele provar primeiro...

— Exatamente soldado, Durval é irmão de Pêdo de Cândido e ele confia muito em Pêdo. Se ele falar que a bebida foi enviada por Pêdo, Lampião nem prova, segundo Jóca do Capim,.

— Desculpe sargento, num é indisciplina não, mas o senhor está muito mal informando sobre Lampião, ele manda provar é tudo, num entra comida nem bebida sem ser provada.

— Antôe, é a única maneira da gente acaba com Lampião: é envenenando o safado. E depois se esse coitero morrer, menos um.

— O senhor está esquecendo que Durval e Pêdo são meus parentes...

— Eu sei Antoe. Me desculpe. Eu num quis dizer isso.

— Sargento, eu quero muito pegar aquele cego, mas quero pagar ele e na briga, de homem pra homem. Esse negócio de veneno pode esquecer que num combina com comigo.

Realmente o soldado Antoe Jacó não era homem de utilizar aquele tipo de coisa, ele tinha um ódio muito grande de Lampião mas, realmente queria pegar Lampião no dente como mesmo ele dizia.

O soldado Antoe saiu e o sargento Aniceto ficou pensando em um plano para não dividir o tesouro com as outras volantes.

Depois de algum tempo, Joca do Capim entra no local onde tava o sargento Aniceto, e foi logo dizendo:

— Sargento, como foi com Antoe Jacó?

— Ele num quer nem ouvir falar de veneno. Disse que quer pegar Lampião na bala. Eu só quero e ver se tem homem macho o bastante pra peitar Lampião. — respondeu o sargento olhando para o horizonte e de um momento para o outro perguntou:

— E se a gente mandar veneno na comida, num dá certo não?

— Não sargento, se mandar veneno tem que ser na bebida.

— Mas Jóca, como é que nós vamos botar o veneno sem abrir a garrafa?

— Pode deixar comigo sargento, quero que o senhor se encarregue de convencer alguém a levar a "encomenda".

O sargento de uma hora para outra, parecia estar congelado. Jóca falava ele ficava olhando para o horizonte, era uma característica dele quando estava pensando, me lembro como hoje, então falou de supetão.

— Jóca, pode ir pra casa que eu vou falar com Durval a respeito do assunto e chamo você se for preciso.

A preocupação maior do sargento era não dividir a fortuna dos cangacêros com muita gente. Ele tava pensando como iria despistar a volante baiana do sargento Odilon Flor que estava na cidade de Pedra, que era muito perto, e se tomasse conhecimento da presença de Lampião perto de Piranhas, viria voando.[34] O plano dele era que só a volante do

---

[34] Pedras era o nome da atual Delmiro Gouveia que fica 42 Km de Piranhas. (Ver croqui na página 200).

tenente João Bezerra, da qual ele fazia parte, estivesse por perto para atacar os cangacêros.

Naquele momento, ele teve uma grande ideia para afastar a volante baiana.

Foi correndo para o destacamento de polícia e chegando perto de Antoe Jacó falou:

— Antoe se arrume que a gente vai ali.

— A gente vai pra onde sargento?

— Oxente, e agora soldado discute as ordens de um sargento é? Levante e se arrume soldado!

— Sim senhor sargento

O soldado Antoe Jacó, quando não tava bêbado, era um militar muito disciplinado.

Então saiu: o sargento Aniceto, o soldado Antoe Jacó mais seis militares.

17:00h em Canapi

O sargento Aniceto e o soldado Antoe Jacó pegaram uns cavalos e foram até a cidade de Mata Grande e ficaram escondidos dentro dos mato, perto de Canapi.[35] Quando ia passando um lavrador, saíram de dentro do mato e o sargento falou pra o matuto:

— Como é o seu nome rapaz?

----

[35] Canapi era o nome da cidade de Inhapi que fica perto de Mata Grande. São cidades mais ao norte do estado, depois de Delmiro Gouveia que na época era chamada de Pedras. (Ver croqui na página 200).

— José. — respondeu o matuto assustado.

— Num tá me conhecendo não, cabra safado? — perguntou o sargento Aniceto.

— Não senhor. O senhor é cangacêro? — perguntou o pobre rapaz com um medo que dava pra se ver de longe.

O sargento Aniceto falava e Antoe Jacó só escutava sem entender nada, e o sargento continuava a conversa:

— Eu sou o capitão Virgulino Lampião. O que você tem aí nesses caçuá?

— É rapadura, feijão, arroz...

Como um raio, o sargento Aniceto puxou um punhal e colocou no pescoço do pobre cristão e disse:

— Me dê tudo que você tem, se quiser continuar vivo.

Antoe Jacó não acreditava no que via: o sargento tava roubando e dizendo que era Lampião.

Depois de roubar e espancar o pobre do matuto, disse:

— Vá embora antes que me de vontade de lhe matar.[36]

---

[36] É importante fazer uma observação sobre esta parte da história contada pelo ex-soldado Galeão, porque poucos pesquisadores relataram esta passagem. Leia uma entrevista com um importante comerciante da cidade de Piranhas na época, Francisco Rodrigues Pereira, que o pesquisador Antonio Amaury Corrêa de Araújo, escreveu em seu livro, *Assim Morreu Lampião*, na página 129:

"Aniceto diz:
— O que si dá é o seguinte: Eu saí antes de ontem de Mata Grande, batendo catinga, e peguei um indivíduo dentro do mato e fiz medo, dizendo que era Lampião, para ele poder contar alguma coisa. Ele, intimidado, que eu disse que ia mata-lo, ele pegou a tremer. Eu digo: Vá embora não me diga que me viu aqui. O rapaiz vai e quando chega a uma légua de Mata Grande diz ao pai:
— Encontrei Lampião e escapei milagrosamente.
O pae assustado falou:

Quando o rapaz foi embora o sargento se voltou para o soldado que estava ainda de boca aberta

— Sargento, que mulesta é assa?

— Antoe, aquele pobre rapaz vai dizer pra todo mundo que Lampião roubou ele e daqui a pouco, isso aqui vai esta assim de volante, principalmente a de Odilon Flor.

O sargento Aniceto explicou que aquilo era para despistar a volante baiana do sargento Odilon Flor, que vai pensar que Lampião estava por perto daquele lugar. Ele queria com aquilo afastar de perto de Angico, não só a volante baiana, mas todas as volantes do estado de Alagoas. Deixando para eles a honra e o lucro com a morte de Lampião.

Na volta, o soldado Antoe Jacó disse que ficaria em Pedras e de imediato foi advertido pelo sargento Aniceto para não falar nada com o tenente João Bezerra, porque só na hora certa era que o tenente iria sabendo.

Quando eles estavam passando pelo Riacho Seco o sargento deu as últimas instruções para o soldado Antoe Jacó:

— Antoe, diga ao tenente que eu quero me encontrá com ele aqui, neste lugar. Eu vou mandar um telegrama pra ele e depois a gente se encontra aqui. Certo?

— Lampião?
— Lampião!
O pae, com medo de apanhar da força, foi e contou pro capitão Elpídio: que o filho tinha encontrado Lampião.
É aí a confusão.
Elpídio telegrafa para Delmiro:
Lampião imediações se Canapi cap. Elpídio."

Eles se despediram. O sargento foi para Piranhas e Antoe jacó foi prá Pedras.

Na época, o soldado Antoe Jacó estava brigado com o tenente João Bezerra, por causa de uma mesma amante que os dois tinha em Pedras, aquilo ajudou para que Antoe Jacó não contasse ao tenente os planos do sargento.

Quando anoiteceu, o rapaz que o sargento fez o susto deve ter dito ao pai que tinha encontrado Lampião, porque o no outro dia, o capitão Elpídio, delegado de Canapí, tomou conhecimento do ocorrido e enviou um telegrama para Pedras.

O capitão retoma a história.

20:00h em Angico

Durante o dia, tudo foi tranqüilo, alguma reclamações dos tocais que diziam que tinha gente demorano muito na hora da substituição e de imediato mandei Luis Pêdo resolvê o problema. Nada de muito grave.

À noite, eu tava costurano as minhas cartucheira que tava muito usada, quando chegou Durval com as bebidas que eu tinha mandado comprá.

Depois de conversá um pouco ele disse:

— Capitão, eu posso ir agora? Porque minha mãe fica preocupada quando eu demoro muito e eu vim direto de fêra pra cá...

— Pode ir. E muito obrigado.

— Inté capitão.

Ficamos jogano vinte e um, e os cabra bebeno ate de madrugada, a gente tava se sentino muito seguro, mesmo assim não relaxamo a segurança.

26 DE JULHO DE 1938, TERÇA-FEIRA

09:00h em Angico

A terça-feira foi muito cheia. Pela manhã tive uma surpresa: apareceu no acampamento o meu sobrinho José, filho de Virtuosa, minha irmã mais velha. O rapaz tinha 17 anos e queria sê cangacêro. Eu num tinha o que falá. Eu me via nele. E até que o danado parecia com os macho da minha famía. Como eu ia dizê aquele menino, que o grande Lampião tava saino do cangaço, exatamente quando ele queria entrá.

Com a chegada do meu sobrinho o acampamento ficou mais alegre. Luis Pêdo fez uma brincadeira que chamou minha atenção. Ele, quando a gente tava entretido conversano e contano história dos pegas com as volante, pediu meus óculos emprestado e eu achei estranho o pedido. Só quem usa óculos sabe como é ruim ficá sem ele, mesmo que seja por pouco tempo, mas Luis era muito brincalhão e chegou perto de mim rino e disse:

— Cumpade, com todo respeito, dá pra você me enprestá o seus óculos.

— Oxente! Agora lascô mermo. Pra que tu qué meus óculos?

— É pra fazê uma brincadêra. Depois eu devolvo.

Sabeno das brincadeiras de Luis, tirei os óculos e entreguei a ele pra vê o que ele ía aprontá.

Depois de uns dois minutos eu escutei foi a risadagem danada, quando eu olhei para trás, tinha um cangacêro com meu chapéu e meus óculos. Pode acreditá, o cabra era escritin a minha cara, procurei olhá direitinho pra vê quem era, mas sem óculos ficava muito ruim de vê.

Ele começou a me imitá:

— Cuidado bucado de macaco fi duma égua, que aqui quem tá falano e o capitão Lampião do meu Padin Ciço.

Eu já tava morreno de rir, então perguntei:

— Santinha quem é esse peste? que num tá dano pra conhecê sem os óculos.

— Tu num tá comheceno não Virgulino? E num é Zé Latão! — ela respondeu ainda com a cara fechada de raiva.

Aquela brincadeira me gelou o corpo todo e só quando uma coisa muito importante ta pra acontecê é que eu sentia o corpo todo esfriar. Parano de rir eu disse:

— Muito bom, mas eu num sou feio desse jeito. Passe pra cá meus óculos.

Quando a brincadêra terminô camei Luis Pedro e perguntei:

— Luis, onde gota serena tá Curisco, Labarede e Zé Sereno que num chega?

— Cumpade, tenha calma, tenho certeza que deve tê acontecido alguma coisa, mas ele devem tá chegano.

— Labareda eu até entendo que é meio mole mesmo. Curisco tá com raiva de mim, mas Zé Sereno num tô encontrano desculpa. Eu já tô ficano com raiva.

— Tenha calma cumpade que tenho certeza que eles chegam hoje.

— Espero que você tenha certeza, que eu num gosto de sê desobedecido.

Pelo tempo que eu mandei avisá, eu tinha certeza que todos já tinham recebido o recado.

O ex-soldado Galeão

10:00h, em Piranhas

O dia tava muito quente e o calor indicava que vinha chuva naqueles dias.

Jóca do Capim procurou o sargento Aniceto pela cidade e quando encontrou foi logo perguntando:

— Sargento, eu posso falar com o senhor?

— Espere um pouco Jóca — disse o sargento enquanto conversava com Sulina.

Sulina era uma mulher morena, dos cabelos encaracolados e tinha os olhos puxados. Ela era realmente muito bonita, parecia uma índia. Ela vinha no trem que saia de Pão de Açúcar para a feira de Piranhas que acontecia no dia seguinte, quarta-feira. O sargento tinha um caso com ela naquela época. Quando terminou a conversa, cheia de sorrisos e brincadeiras, ele se despediu e voltando-se para Jóca, já com um ar mais sério, falou:

— Pois não. Descobriu alguma coisa?

— Eu descobri um jeito de envenenar a bebida dos safados.

— E como é — perguntou meio incrédulo o sargento.

— Vamos até o destacamento que eu mostro, aqui fica difícil.

Foram até o destacamento e Joça tirou do bolso uma seringa com uma agulha muito fina e com uma garrafa de cinzano fez uma demonstração.[37]

Pediu para o sargento segurar a garrafa com as duas mãos e com todo cuidado foi enfiando a agulha pelo canto da rolha e retirou uma certa quantidade de bebida. Substituiu a mesma quantidade, por veneno dissolvido na bebida retirada e, com mais jeito ainda, recolocou a agulha pelo mesmo furinho. Quando terminou retirou a agulha e ajeitou a superfície da rolha com o dedo indicador e mostrou ao sargento.

O sargento olhou, olhou e disse:

— Jóca, eu estou vendo o furo.

— É porque o senhor sabe que eu fiz, mas se não avisar, ninguém vai descobrir.

— E se os cangaceiros descobri? — perguntou o sargento.

— Se descobrir!? Quem é que vai levar? Vai ser eu? Vai ser o senhor? Quem levar que segure a barra.

Saíram e foram para a casa de Jóca. Lá, com toda paciência, colocaram o veneno em quatro garrafas de cinzano. A missão do sargento Aniceto era convencer, de qualquer maneira, Durval a levar a bebida para os cangacêros.

------

[37] O envenenamento dos cangaceiros por parte da polícia da Alagoas e um mistério, porém alguns autores de renome escreveram sobre o assunto, e eu transcrevi alguns trechos para confirmar a história contada pelo ex-soldado Galeão. (Ver as transcrições na página 200).

O capitão:

11:00h em Angico

O chêro do feijão que Santinha tava fazeno tava tão bom que atraiu os amigos Mané felix e Vicente, que quando chegaram Mané foi logo dizeno:

— Capitão, bote mais fejão no fogo que a gente tá com uma fome da bixiga.

— Pode se aprochegá que prus amigo num falta nada! Quanto tempo Vicente! Como vai as coisa?

— Vou bem capitão, com saúde e nas graças de Deus e de meu Padin Ciço.

— Ô José, venha cá — ordenei ao meu sobrinho.

— Amigos, este é o meu sobrinho José, que vai sê congacêro e mantê a tradição dos Ferrera no cangaço.

Santinha serviu o almoço e nós comemos muito. Eu sempre tive uma mania que é dormí depois do almoço, claro que quando dava, porque quando as volante tava atrás da gente, num tinha tempo, mas sempre que eu podia, um soninho depois do almoço é sagrado.

Na despedida pedi que Vicente passasse na casa de mãe Pêdo de Câindo e pegasse uma máquina de costura. E a Mané Felix que comprasse em Piranhas um chapéu de couro, agulhas e 5 varas de mescla, pra Santinha fazê a farda do meu sobrinho.

O ex-soldado Galeão

13:00h em Pedras

O tenente João Bezerra estava de conversa com o aspirante Francisco Ferreira quando recebeu um telegrama do capitão Elpídio, delegado da cidade de Mata Grande informando que Lampião tinha sido visto naquelas proximidades o telegrama dizia o seguinte:

"Lampião imediações de Camipí cap. Elpídio"

De imediato o tenente João Bezerra determinou ao aspirante que reunisse a volante que eles iriam para Canapi. Reunir a volante naquela época pra ir atrás de Lampião, num era coisa muito fácil não. Os cabras eram tudo espalhado pelos bar, nos cabaré, nos sítios e até nas cidades vizinhas. Quando eles terminaram de juntar quase todos, o tenente todo afoito, porque sabia onde realmente Lampião tava e tinha certeza que não era em Canapí, pergunta empolgado:

— Estão todos aí, aspirante?

— Quase todos, tenente...

— Então vamos!

— Tenente, a gente num sabe onde é o coito e... À noite é perigoso andar sem saber onde vai atacar. — disse o aspirante Francisco.

— Vocês estão tudo é com medo!

Um soldado, saindo de forma, disse:

— Num é medo não tenente. É que ninguém é doido. Me diga uma coisa: onde é o coito? A gente só sabe que e perto de Canapí, e isso é muito perigoso. Eu mesmo num vou não!

O tenente vendo que poderia ficar em situação difícil resolveu a questão com a seguinte ordem:

— Amanhã logo cedo a gente sai.

O tenente chamou um soldado, mandou que preparassem seu cavalo e saiu da cidade sem dizer pra onde ía.

17:00h na fazenda Remanso

Pêdo de Cândido tinha uma bodega em Entremontes, um povoado que fica a nove quilômetros de Piranhas.

Sete anos antes, Pêdo em uma conversa com o capitão Virgulino, disse que estava com muita dificuldade de dinheiro e pediu ajuda ao capitão. Esta historia quem pode contar melhor é o capitão, mas eu já comecei, vou continuar. Se eu cometer algum erro o senhor pode me corrigir. — disse voltando-se para o capitão e continuou. — O capitão perguntou de quanto ele precisava e ele respondeu que precisava de trinta mil rés, sem demora, o capitão tirou do borná a quantia solicitada e entregou a Pêdo, que perguntou quando era que o capitão queria receber de volta o dinheiro e ele disse que não precisava de se preocupar, porque a amizade dele era o que importava.

Estou iniciando esta minha declaração lembrando isto, para reforçar que Lampião tinha uma consideração muito grande com Pedro de Cândido e este corria realmente muitos riscos para ajudar o amigo cangacero. Um destes perigos eu vou contar agora.

Os tempos não estavam muito bons pra os coiteiros, as polícias estavam sofrendo um aperto muito grande, principalmente por parte do governo federal, que queria acabar com o cangaço a qualquer custo. O coitero que fosse pego era tratado de forma muito dura, e muita vezes, dependendo da volante, perdia até a vida.

Naqueles dias, Pêdo de Câindo concordou em levar as balas que o tenente João Bezerra mandou entregar ao capitão, mesmo sabendo que o risco era grande.

Às cinco horas da tarde, João Bezerra chegou na bodega de Pêdo:

— Bom tarde, Pêdo. Como vai a família?

— Bom dia tenente, a minha vai bem. E a do senhor como vai?

— Do jeito que Deus quer. Pêdo, bote uma dose de cana pra min.

Enquanto Pêdo de Câindo botava a dose, João Bezerra escorou-se no balcão e com a boca quase no ouvido de Pêdo e perguntou:

— Pêdo, o home ainda ta lá no Angico?

— Tá sim senhor — respondeu Pêdo também em voz baixa

— Apôis eu estou com a encomenda dele ai no cavalo.

— Meu Deus tenente e aonde eu vou botar isto?

— E você ainda num ta com ou bicho pronto aí não?

— Tô não senhor — respondeu Pedro todo embaraçado.

— Bote outra dose que eu vou ficar aqui tomando, e corra pra arrumar os caçuá nos bicho.

Pêdo saiu e foi preparar os jumentos para receber as balas. Depois de meia hora voltou e disse que tava tudo pronto. Então os dois foram para o quintal da casa e João Bezerra passou as balas que estavam em seu cavalo para os caçuá dos jumentos. Vendo aquele monte de balas Pêdo disse:

— Vige Maria! É muita bala seu tenente, eu vou entregar isto é daqui apouco.

— Vá mesmo, que o capitão esta precisando de munição e eu estou precisando de dinheiro.

17:00h em Pão de Açúcar

Durval tinha recebido um novo recado do sargento Aniceto para ir se encontrar com ele na casa de Jóca Bernades, em Pão de Açúcar. Ele não tinha idéia do rolo que estaria se metendo.

Quando chegou, o sargento Aniceto e Jóca já estavam esperando e o sargento foi curto e grosso:

— Entre e sente-se.

Sem tirar os olhos dos dois, Durval puxou uma cadeira e sentou-se, parecia que nem respirava. O sargento Aniceto continuou:

— Durval nós estamos sabendo de tudo. Num adianta menti. Você tem duas opções: ou ajuda as força, contra os cangacêros, ou eu vou prender você como coitero e mandá-lo pra Pedras, onde vai ficar preso por um bocado de tempo. Quero informar a você que Antôe Jacó também está sabendo que você e seu irmão estão ajudando os cangaceros e ele tem conhecimento dessa minha atitude aqui com você. — mentiu

Toda família de Durval tinha muito respeito pelo soldado Antoe Jacó que era muito valente e muito direito. E foi por esse caminho que o sargento pressionou o rapaz, que como coitero novo e num tava preparado pra uma pressão daquela.

— Durval — disse Jóca do Capim — eu acho melhor a gente ajudar as força porque daqui a pouco quando os cangacêro for embora, a gente num vai com eles não, gente fica é aqui pra sofrer as pressão das volante.

— E se você ajudar — continuou o sargento — eu garanto que ninguém vai fazer nada com você nem com sua família. Vamos lá! Quem é que ta lá do outro lado do rio?

Não se sabe o que se passou na cabeça de Durval. Eu acho que, por se sentir numa situação difícil, ele resolveu entregar Lampião, então falou:

— Sargento eu num quero fica contra a lei. Quem tá do outro lado é Lampião.

— E quem mais? — perguntou Jóca quase rindo.

— Só Lampião. — respondeu Durval em cima da bucha sem pestaneja.

— Tudo bem Durval, a gente quer que você faça um outro favor. Queremos que você leve estas garrafas de cinzano para Lampião.

— Mas sargento porque o senhor que mandar isso pra ele — perguntou Durval.

— Elas estão com veneno dentro — respondeu Jóca.

— Veneno! Mas sargento se Lampião descobrir ele me mata...

— E se você não levar, eu tenho ordem do capitão Zé Lucena para prendê-lo. Se você não levar, num tem nem Antoe Jacó que empeça, que é ordem de um capitão da polícia, entendeu?

Naquele momento Durval começou a chorar e, como se não tivesse havendo nada, Jóca do Capim continuou.

— Durval, não leve o cinzano pessoalmente não home, deixe que eles ir buscar na budega de seu irmão Pedro, que Lampião não desconfia. Misture com outras bebidas. Me responda uma coisa, é só você que leva bebida pra o capitão?

— Não, tem outros... — Durval começou a falar, mas parou na hora, pois podia entregar outros coiteros e ele já estava encrencado demais.

Depois da conversa, Durval recebeu quatro litros de cinzano envenenado.

O Capitão retomou a sua declaração.

17:00h em Angico

Depois do cochilo da tarde, um tumulto tomou conta do acampamento. Eu demorei um pouco para entendê o que era, mas depois Luis Pedro veio ate onde eu tava e gritô:

— Cumpade é Zé Sereno que vem chegano.

Houve um corre-corre da mulesta dos cachorro, porque todo mundo gostava de Zé Sereno e Cila. Eu num fui porque já tava com raiva dele, que devia tê chegado há alguns dias antes e não agora, quando a gente já tava pra ir embora.

Depois de um tempo Zé Sereno veio até onde eu tava e disse:

— Boa tarde. Como vai capitão?

— Boa tarde Zé. Senta aí pra gente conversá. Ô Vila Nova traga um pouco de conhaque pra Zé.

— Capitão eu quero é cana mesmo.

— A cana tá se acabano capitão — disse Vila Nova.

— Chame Quinta-Feira e vá até a casa de Durval, mande ele ir na bodega de Pêdo de Câindo, trazê mais.

O cangacêro saiu e eu num demorei a dizê o que tava com vontade:

— Por que você tá chegano só agora Zé?

— Capitão eu tive uns problemas e tive que ir na fazenda Floresta pra falá com Florentino e tem outra coisa capitão: o senhor sabe que eu num gosto daqui...

— Isso num explica, mas deixe pra lá. Vamos ao que interessa: hoje à noite eu quero que a gente faça uma reunião. Vou esperá Curisco e Labareda até a noite, pra gente fazê a reunião. Agora pode ir distribuir seu pessoal.

Com Zé Sereno chegou, além de Sila, sua companheira, os seguintes cabras: Mariheirinho, Gavião, Cobra Verde, Sabiá, Nevoeiro, Pernambuco, Novo tempo, Juriti e Peitica.

Quando Zé Sereno saiu, fiquei olhano o comportamento do grupo dele. Os cabras tavam com medo. Sem combiná comigo, Zé Sereno montou as tordas muito longe da nossa. Ele foi lá pro alto das Perdidas. Eu mal podia vê a barraca dele e ele não tinha a menó condição de vê a minha barraca nem a de Luis Pêdo. Não gostei daquela atitude de Zé, porque eu tinha muita confiança nele.[38]

---

[38] Segundo o livro de Frederico Bezerra Maciel, *Lampião Seu Tempo e Seu Reinado* V, Zé Sereno montou sua barraca a 20 braças da barraca de Lampião, que corresponde a 44 metros. Dentro da caatinga fechava é uma distância bastante razoável. Já no livro do pesquisador Luis Luna, *Lampião e Seus Cabras*, página 142 tudo leva a crer que Zé Sereno tenha montado sua barra realmente no alto das Perdidas:

20:00h em Angico

Chegaram no acampamento Pêdo de Câindo e o irmão Durval, chegaram com um jumento carregado com as encomendas que eu tinha feito a João Bezerra. Já desconfiado pelo tamanho da carga chamei Pêdo para o lado e perguntei:

— Ta tudo ai Pêdo?

— Tudo e um pouco mais capitão.

— Como assim home?

— Só algumas fruta que o senhor num tinha pedido, mas eu resolvi trazê.

— Tudo bem Pêdo, mas deixe eu vê as bala.

Pêdo de Câindo levantou os pano dos caçua e tirou rapadura, farinha, carne de sol e outras coisa e no fundo tava cheio de bala de vários calibre.[39]

A gente foi para um canto reservado e com muita paciência eu, Luis Pêdo e Zé Sereno. A gente tinha que contá as bala uma por uma. Quando a gente comprava bala à polícia ela vinha toda misturada, e era preciso

---

"Os que se achavam a alguns metros de distância, em cima de um serrote, tiveram a oportunidade de escapar."

[39] O que intriga é que João Bezerra, tenente da polícia da Alagoas o mesmo que atacou Lampião em Angicos, mandou munição para ele, na semana do ataque, com está registrado no depoimento de Durval Rodrigues Rosa, no livro *Assim Morreu Lampião* do pesquisador Antonio Amaury Correia de Araújo, na página 101.

"Na terça-feira di noite meu irmão veio ai. Pedro chegou ai, di noite, cum dois saco pesado. Qui teve qui levá num jumento.
I os dois saco era cum bala!... i uma bola de fumo.
As bala era Juão Bizerra qui mandava!

contá tudo para podê pagá depois. Já quando a gente comprava a coitero rico, como certos coronéis amigos meu, as balas vinha em caixa de madêra, tudo bem embalada.

Depois de verificá que realmente era o que eu tinha encomendado, dei a Pêdo de Câindo dois contos de rés. Fiz o que prometi a João Bezerra, paguei o dobro do que eu tinha pago na compra anteriô.

Depois de vendê as balas pra Luis Pêdo e Zé Sereno, para eles distribuíssem com o seus cabras, voltamos para junto dos outros e só ai fui vê o resto das coisas. Tinha muita coisa e o que sempre chamava a atenção era as fruta, tinha Jaca, caju, melancia, muita fruta mesmo.

Pêdo de Câindo deixou Durval retirano as coisas dos caçua do jumento e veio pra perto de min e disse com uma cara muito aperreada:

— Capitão tem uma coisa que tá me preocupano.

— Oxe, e o que é home? Perguntei.

— Quando eu sai de Piranhas a cidade tava cheia de poliça.

— Mas Pedro, amanhã num é dia de Fêra? O destacamento é sempre reforçado, todo mundo sabe disso. A num sê que era uma volante, era?

— Não. Era só soldado. Num parecia volante não.

— Então sossegue e tome um gole.

Pêdo de Câindo mais Amoroso, Mergulhão e Zé de Julião foram jogá cartas e bebê alguma coisa.

21:00h em Angico

A gente tava tudo descontraído, quando chegou no coito Mané Felix e veio falá comigo:

— Capitão, só deu pra comprá as agulhas porque tinha muita poliça lá em Piranhas.

— Mais rapaz, Guilherme me disse a mesma coisa. Já tô ficano desconfiado.

— Guilherme vei aqui?

— Ele tá aqui. — Apontei para onde Pêdo tava jogano com os cabra.

— Capitão, eu vi Guelherme conversano com as força. Num confie nele não.

— Pode deixa Mané, eu tô de olho. — agora vá bebê alguma coisa junto com os outro.

— Infelizmente eu num posso ficá capitão, mas amanhã eu venho vê se o senhor tá precisano de alguma coisa.

Mané Felix foi embora sem se demorá muito, mais Pêdo e Durval ficaram até mais ou menos umas três horas da madrugada brincano com os cabra. Antes de dormi chamei ele e pedi:

— Pêdo a gente tá precisano de queijo, vá na fêra e traga uns quinze quilos pra gente levar na viagem.

27 DE JULHO DE 1938, QUARTA-FEIRA

Galeão continuou.

06:00h Em Piranhas

Pêdo foi cedinho na casa de Jóca Bernades na fazenda Novo Gosto. Jóca fazia queijo sobe encomenda. Ao chegar Pêdo falou:

— Bom dia, Jóca.

— Bom dia Pedro, em que posso ajudá-lo.

— Você tem queijo?

— Tem alguns, quantos você quer?

— Quinze.

— Quinze!? Eu só tenho pronto nove quilos, cinco vou vender na feira e quatro são de encomenda para o dôtor...

— Jóca eu quero os noves quilos e prepare mais seis que eu pego à tarde. Quanto é?

Jóca do Capim tentou convencer Pedro que não podia vender um queijo que estava encomendado, mas foi inútil. Pedro ofereceu dinheiro que ficou impossível de Jóca recusar.

Quando Pedro de Cândido saiu da sua casa, Jóca, mesmo sem os queijos, foi para a feira porque tinha muita coisa para contar ao sargento Aniceto.

07:00h em Piranhas

Jóca do Capim chegou e foi procurar o sargento Aniceto.

Depois de muito procurar, ele foi informado que o sargento estava em baixo da ponte. Com esta informação Jóca foi ao seu encontro.

O sargento viu que Jóca tava muito ansioso, pediu licença a uns amigos com quem estava conversando e foi para onde Jóca estava, e perguntou:

— E ai Jóca, alguma novidade?

— Tenho sargento. Pêdo de Cândido foi lá em casa e levou todo o queijo que eu tinha e eu tenho certeza que era pra Lampião e eu acho sargento que eles devem ir embora porque tão comprando muita coisa e isso é sinal que estão de partida. Vamos mandar a volante em cima deles. O senhor pode deixar que eu digo ao capitão Zé Lucena...

— Tenha calma Jóca, eu vou entrar em contato com o tenente João Bezerra, pra gente tomar as providências.

— Sargento eu vou ficar na feira esperando alguma notícia do senhor.

— Eu quero que você faça o seguinte: vá à noite pra budega de Pêdo de Candido e fique tomando alguma coisa pra segurar ele em casa, depois vá para Remanso, que nós estaremos esperando na plantação de milho.

— E como é que eu vou ficar sabendo a hora de sair da casa de Pêdo? Pra ir pra plantação? — Perguntou Jóca.

— Agora você me pegou. Vamos fazer o seguinte: fique lá até às 11:00h da noite e depois vá se encontrar com a gente, certo?

— Sim senhor, pode deixar.

O sargento foi correndo pra sede do telégrafo da cidade e mandou passar um telegrama para o tenente João Bezerra, que estava em Pedras de Delmiro, contendo a seguinte mensagem:

"Tenente João Bezerra. Boi no nosso Pasto. Venha rápido. sargento Aniceto".

O capitão Virgulino:

08:00h em Angico

Durval veio deixá a maquina de costura que eu tinha pedido. Ele não demorou no coito e assim que entregô a máquina foi embora.

O calô tava insuportável não se encontrava lugá pra ficá a vontade. Eu, Luis Pêdo e Zé Sereno fomos para uma reunião em cima das Inburanas. Teria que escolhê meu substituto entre aqueles que estavam ali mesmo.

Quem tava comigo naquele dia era realmente quem tinha condição de continuá à frente do cangaço quando eu me afastasse, porque Curisco tava bebeno muito e Labareda era mole que só um prato de papa.

Quando eu tava me preparano pra subi, Santinha me chama:

— Virgulino!

— Ate que enfim, evolveu falá...

— Eu vou tomá banho lá no tamanduá que lá tem muita água.

— Vá, mas num demore.

Ela saiu que saiu com a mulesta.[40] A bixa era braba. Ela vinha pra fazê as paz, mas bastava escutá uma orde, prá já se amuá de novo. Deixei pra lá. Um dia ela se chega. Pelo

---

[40] Maria Bonita estava realmente com muita raiva de Lampião naqueles dias. Veja a conversa dela com Cila a mulher de Zé Sereno, naquela mesma noite do ataque da volante. O depoimento estar no livro *Assim Morreu Lampião*, na página 22. Sinta o nível de irritabilidade da companheira do capitão.

menos foi o que eu pensei na época.

Subimos. Em baixo de um pé de Imburana fizemo uns banquinho com umas pedra e sentamos e eu iniciei a conversa.

— Meus amigos eu tenho que dá uma notícia e espero que vocês entendam, depois de 22 anos de cangaço eu decidi que tá na hora de pará. Quero deixar bem claro que num vou me entregá, como fez Antoi Silvino. Eu vou pra um lugá onde eu possa ajudá os amigos que ficá na luta do cangaço.

Eles não falavam, não piscavam, e pelas cara, parecia que não tava nem respirano, e eu continuei:

— Eu conheço vocês como a palma da minha mão, sei as virtude e sei os defeito de cada um. Eu preciso deixa alguém no meu luga como comandante do cangaço e vou escolher entre vocês meu substituto. Zé, quando você entrô pra o cangaço, eu ainda me lembro como se fosse hoje. A poliça bateu em você e no seu irmão e isso foi o estopim para te levá a vida nas caatinga. Rapidamente você mereceu minha confiança e passô a comandá seu próprio grupo, isso é sinal que você tem toda condição de me subastitui.

Luiz Pêdo, você tá comigo já faz 14 ano e passamos por varias brigas. Só pra lembá: Tu tava em Serra Grande, em Mossoró, em Queimadas; tava comigo no Juazeiro e muitas outra que eu nem me

---

"Quando escureceu, Lampião e Maria discutiram novamente. A rusga azedou tanto que Maria, nervosa e a beira do choro, convidou Cila para irem sentar-se sobre uma pedra, no alto do berranco.
Era noite escura.
Maria, fumando bastante, dizia:
— Morri tanta genti boa, só esse cego disgraçado num morri..."

lembro mais. Estou dizeno isso porque o meu substituto tem que tê muita experiênça e força de vontade. Passá 14 anos no cangaço e não desanimá é um caso muito difícil. Eu perdi meus irmão durante estes 22 ano de cangaço. Vi gente entrá e saí. Vi gente entrá e morrê. Vi gente que num passô da primêra noite. Então meus amigos, levano em conta tudo isso, quem eu escolhi pra me substituir foi Luis Pêdo. Agora quero ouvir vocês.

Quem iniciô foi Zé Sereno:

— Capitão, o senhô é que manda. Eu tô aqui pra obedecê. Tenho certeza que Luis tem toda capacidade de substituí o senhô.

— Luis Pêdo disse:

Capitão eu vou fazê por onde num decepcioná o senhô. Agora me tire uma dúvida: como o senhô vai ajudá a gente, mesmo não tano no cangaço? Como é que o senhô vai fazê isso?

— Num se preocupe, eu não seno cangacero, serei o melhó e o maió coitero que o sertão já viu. Não vou participá diretamente do cangaço, mas vou dá apoio aos amigo que ficá.

Depois de muita conversa, descemo para o acampamento e continuamo a brincá com nossos cabra.

Nas frutas que Pêdo de Câindo trouxe no dia anteriô tinha uma melancia. Foi esta dita melancia que provocô uma nova briga de Santinha comigo. Ela chegô perto de min e pediu:

— Virgulino Sila tá quereno comê a melancia.

— Mas com mil e seiscentos diabo Santinha, eu num já disse que eu vou partir esta merda depois.

— A é! Então fique com essa merda, que eu num quero mais não.
— disse isto e subiu as perdidas, lá pra barraca de Sila.

Se eu soubesse que ela ia ficá com tanta raiva eu tinha dado a danada da melancia pra ela e na madrugada num teria acontecido o que aconteceu, e ela tava viva comigo até hoje.

Uma tristeza muito grande apoderou-se do rosto do capitão, percebendo aquilo Galeão interveio:

Galeão:

08:30h em Pedras

Desde as seis horas que tenente João Bezerra tava tentando reunir a volante pra partir e nada de conseguir. Um dos motivos era que todos os soldados tomaram conhecimento do conteudo e o telegrama, que falava que era Lampião que tava lá em Canapí e todo mundo sabia que a volante do tenente João Bezerra num tinha essa coragem toda de enfrentar Lampião.

Quando a tropa finalmente estava em forma pra partir ainda tava faltando alguns, e na hora que o aspirante apresentou a volante ao tenente, teve que dizer que a tropa tava com alteração: faltava os soldados Antoe Jacó e Zé Gomes.

Então, João Bezerra disse:

— Eu tenho certeza que sei onde eles estão.

Deixou a volante esperando e foi na casa de Duda. Quando chegou lá, encontrou os soldados na maior tranqüilidade do mundo e ainda por cima, bebendo. Então o tenente disse:

— Vocês vão, ou não vão.

— Tenente, o senhor num quer tomar uma não? — perguntou o soldado Antoe Jacó.

— Antoe, vamos embora que a tropa tá esperando.

— Vamos tenente. Agora deixe eu ir no destacamento pega uma metralhadora que eu pedi emprestado do sargento Odilon. — disse Antoe Jacó.

— A gente num já tem duas metralhadoras Antoe, pra que você pediu mais outra.

— Com Lampião num se brinca não tenente. E vamos simbora.

Ao voltar par o destacamento o aspirante Francisco estava com um novo telegrama do sargento Aniceto que tinha mandado de Piranhas. A volante tava ansiosa, porque podia ser uma contra ordem, dizendo que Lampião já poderia ter sido atacado ou ido para outro lugar. Esta seria a notícia que a maioria gostariam que estivesse escrito naquele pedaço de papel que o sargento tinha nas mãos.

Assim que o tenente chegou o aspirante entregou o telegrama. Ao receber, João Bezerra se afastou, abriu, leu, retirou o chapéu, enxugou a testa com a manga da camisa e disse baixinho coçando a cabeça:

Num estou entendendo é, mas nada!

Com um aceno de mão ele chamou o aspirante Francisco e, mostrando o telegrama, disse:

— Chico, eu agora num tô entendendo mais nada, o capitão Elpídio manda a gente ir pra Mata Grande e agora recebo este telegrama de Aniceto dizendo que Lampião tá no nosso pasto...

— Então vamos pra Piranhas — disse o aspirante.

João Bezerra tentando não ir pra Piranhas disse:

— Eu acho melhor agente obedecer ao capitão Elpídio e ir pra Mata Grande.

— O senhor e que sabe — respondeu o aspirante Francisco.

Depois daquela decisão eles foram pra perto da tropa e disseram que estavam indo se encontrar com o restante da volante em Iampi pra depois ir para Mata Grande. Antoe Jacó naquele momento lembrou-se da ordem do sargento Aniceto e saindo de forma foi ate perto do tenente e perguntou baixinho:

— Tenente, esse telegrama é do sargento Aniceto?

O tenente não queria que a tropa soubesse do conteúdo do telegrama e puxando Antoe para o lado, confirmou também com a voz baixa:

— É Antoe! Por quê?

— Porque eu já ía me esquecendo. O sargento disse que ía mandar esse telegrama e quer se encontrar com o senhor lá no Riacho Seco.

— Tu tá sabendo de alguma coisa Antoe? Aniceto disse no telegrama que Lampião ta lá no nosso pasto...

— Se o sargento disse que tá é porque ele tá. Vamos se encontrar com ele. — Antoe Jacó falou e foi pra dentro da tropa deixando o tenente de boca aberta sem saber o que fazer. O tenente João Bezerra ainda tentou negociar com o aspirante pra tentar convencer de ir para Mata Grande:

— Aspirante, vamos pegar a estrada, que Mata Grande é distande.

— Tenente, eu acho que Aniceto está avisando que tem cangaceiro perto de Piranhas.

— Cangaceiro em Piranhas, eu acho que Aniceto esta ficando é doido. — disse João Bezerra, rindo.

— Doido ou não, vamos deixar a volante da Bahia ir para Mata Grande. E se o sargento estiver certo?

O aspirante Francisco Ferreira era a segunda autoridade da volante. Era um oficial muito violento e ainda não estava no sistema de corrupção com os cangacêros.

O tenente ficou calado, sem responder a proposta do aspirante. Então cedeu:

— Vamos se encontrar com Aniceto.

Enfim, partiram de Pedras com destino ao Riacho Seco.[41]

O percurso de onze quilometro foi feito a pé.

Os nossos cantis geralmente só usavam água quando ia persegui os cangacêro na caatinga seca, mas nas cidades eles estavam cheios era de cachaça e, de vez em quando, o tenente dava uma paradinha pra "refrescar a garganta" como ele gostava de dizer.

---

[41] O Riacho Seco e uma localidade que fica depois de Olho D'água do Casado, entrando à esquerda é a junção do Riacho Gravatá e do Riacho da Talhada. Naquela época era caminho certo para quem ia de Piranhas para Pedras de Delmiro. (Ver croci na página 200)

11:00h em Piranhas

Na época eu fazia parte da volante do tenente João Bezerra e estava no pelotão comandada pelo Aspirante Chico Ferreira, mas eu estava em Piranhas junto com o sargento Aniceto.

O sargento chamou o cabo mais antigo e disse prá gente almoçar logo cedo e pra gente comer muito. Depois do almoço botou a gente em forma e levou pra feira.

Na feira a gente foi pra frente do comércio de Seu Rodrigues, que na época era um importante comerciante da cidade, e o sargento perguntou:

— Seu Rodrigues, de quem é este caminhão?

— É de Zé Nicolau. — gritou uma voz lá de dentro do armazém.

— Após diga a ele que a carga num pode ir não, que o caminhão foi requisitado pela força.

O comerciante veio até fora do armazém e limpando as mãos em um pano perguntou novamente ao sargento, como se não tivesse escutado direiro por causa do barulho da feira.

— desculpe sargento é que eu nu entendi direito, o que foi mesmo que o senhor disse?

O sargento Aniceto não gostava de repetir uma coisa duas vezes, principalmente prá gente que era soldado, ele dava a mulesta quando a gente num entendia as ordens dela da primenra vez que ele falava, mas com Seu Rodrigues ele ficou quieto, num disse nada, só levantou o chapéu pela aba e repetiu com toda calma:

— Diga ao dono do caminhão que a polícia vai precisar do caminhão emprestado pra fazer uma batida ali e volta já.

— Tá certo sargento, pode deixar que eu vou mandar tirar a carga.

Na carga tinha vários produtos como feijão, arroz, açúcar. O caminhão tava quase todo carregado. Enquanto era feito a descarga do caminhão o povo se juntava pra ver o que era aquilo. A gente tava tudo na calçada, esperando a descarga do caminhão. Demorou mais ou menos uns trinta minutos para descarregar. O calor era grande e a gente tava em pé numa sombrinha no pé de parede das casas. Quando a gente subiu no caminhão o calor piorou e cada um se acomodou como pode, sentado na carroceria.

Depois de embarcar a tropa o sargento ficou em pé e disse bem alto pra todo mundo que tava na feira escutar:

— Vamos atacar cangacêro, lá no Canapi.

A gente que era soldado num tava sabendo nem prá onde ía. Isso era uma tática usada pelos comandantes das volantes, porque se dissesse que tava indo atacar Lampião era capaz da tropa ficar com medo. A gente enfrentava vários cangacêros bons como, Curisco, Labareda, o próprio Zé Sereno, mas o capitão aqui, (*bateu nas costas do capitão*) a gente tinha um certo medo, misturado com respeito.

O ex-soldado Galeão.

15:00h no Riacho Seco

Nosso encontro no Riacho Seco foi no entroncamento que segue pra MataGrande. A gente chegou primeiro e logo depois, meia hora mais ou menos, chegou o tenente João Bezerra com a outra parte da volante.

Assim que o tenente chegou, o sargento Aniceto ficou muito agoniado procurando o soldado Antoe Jacó. Foi até perto do tenente e nem se apresentou, foi logo perguntando:

— Tenente, cadê Antoe Jacó?

— Tá aí, procure... Aniceto, você...

Antes que o tenente conseguisse perguntar alguma coisa, ele viu Antoe e saiu correndo. Os dois se afastaram pra um canto prá conversar.

Alguns dias depois do ataque, e depois de umas lapadas de cana, com piaba frita, na venda de João Dantas, Antoe Jacó me contou o que eles conversaram. O sargento Aniceto disse:

— Antoe, quem esta lá do outro lado do rio é Lampião mesmo. Quem me disse foi o próprio Durval.

— Ainda bem que eu peguei a metralhadora dos baiano.

Antoe Jacó já tinha se mostrado contra a idéia de usar veneno, então o sargento não contou nada sobre o cinzano envenenado.

O tenente e o aspirante se aproximaram dos dois e o sargento Aniceto disse:

— Tenente, Lampião tá nas terras de Pêdo de Cândido, em Sergipe.

— Impossível sargento, ele foi visto próximo de Mata Grande. Inclusiva recebi um telegrama do capitão Elpício...

— Deixe eu tentar explicar o que aconteceu — disse o sargento colocando a mão no ombro do tenente — Eu tava em Canapí de Mata Grande e fiz um medo a um cabra dizendo que era Lampião e terminou no ouvido do Delegado da cidade, por isso ele mandou o telegrama. Tudo isso tenente é pra num misturá as volantes.

— E tu tá querendo atacar Lampião com esse tiquinho de gente?. Tu acha que eu sou doido é? Eu posso tá velho, agora doido, não! — disse João Bezerra.

Antoe Jacó bateu o fuzil no chão e disse:

— Apôs tenente, o senhor pode fica aqui se o senhor quiser, que eu sabendo aonde Lampião tá, vou busca ele, com o senhor ou sem o senhor, com muita gente ou com pouca gente.

O tenente João Bezerra ficou encurralado, porque o aspirante era muito empolgado, e não deixaria de dar um jeito de avisar ao capitão Zé Lucena sobre a froxura do tenente.

Após pensar um pouco e talvez lembrar que Lampião tinha dito a ele que ia embora na quarta, que estava ali só pra receber as balas, o tenente João Bezerra, sentenciou:

— Tudo bem, nós vamos pra Piranhas.

Voltamos.

18:30h em Piranhas

Chegamos em Piranhas. Já estava escuro e fomos direto pra a casa do canoeiro Pêdo Bengo, pra pegar canoas para atravessar o rio São

Francisco. Pêdo Bengo disse que tinha duas chata[42] para levar todo mundo. E o aspirante perguntou:

— E cabe todo mundo?

— Quantos são? — perguntou Pêdo Bengo.

— Quarenta.

— Então num cabe não tenente. — Pêdo Bengo num sabia a diferença de aspirante pra tenente e chamou o aspirante de tenente.

— Com quem a gente pode arranjar mais canoa, sem fazer muita zoada? — perguntou o tenente.

— Só se eu for falar com Ciço Preto ele tem uma canoa.

— Então vá meu veio, vá logo — disse o sargento Aniceto.

Depois de uns vinte minutos o canoeiro voltou e disse que seu Ciço tava com a canoa lá no rio esperando.

A gente foi tudo pra beira do rio e quando a gente tava entrando nas canoas elas num agüentaram e começaram a entrar água. O Pêdo Bengo disse:

— Tenente, num vai da não. Tem muita gente, as bicha vão afundar.

O sargento Aniceto pulou pra fora da canoa e jogou o chapéu no chão e disse:

— Que peste de canoeiro é esse que num consegue atravessar uma tropa pequena dessa?

----

[42] As chatas eram canoas grande

Pêdo Bengo com toda calma do mondo, até parecendo que num tinha nem escutado o insulto do sargento, disse ao tenente:

— Só da pra atravessar com uma canoa maior, ou...

Todos ficaram em silêncio esperando a conclusão do canoeiro e com impaciência Antôe Jacó disse:

— Ou o que Pêdo? Você quer mata a gente do coração é? Fale logo nome!

Pêdo Bengo levantou a cabeça e disse com toda calma do mundo:

— Agente podia ajoujar[43] as canoas.

— Então ajouje logo essas merda home!!! — gritou o sargento Aniceto, preocupado com a hora do encontro com Jóca do Capim.

— Mas seu sargento, eu num tenho corda não. — disse Ciço Pêdo Tava feita outra confusão.

— E com quem a gente pode conseguir uma corda? — perguntou já desanimado o aspirante.

— Quem tem uma corda é Eduardo.

— Chico, mande buscá. — ordenou o tenente.

O tempo levado entre conseguirem as cordas e amararem as canoas foi mais ou menos uma hora.

Com as canoas amaradas, uma do lado da outra, partimos rio abaixo com destino a Entremontes.

Rezamos, almoçamos e depois do cochilo voltamos aos trabalhos.

---

[43] Ajoujar é juntar

Lampião,

20:00h em Angico

O dia fez muito calô, mas à noite começô com uma chuva fina, que ía e vinha sem pará.

O safado do Durval, veio com a notícia que a polícia tinha ido pra Mata Grande.

Eu fiquei mais tranqüilo e realmente disse, brincando, que o pessoal podia dançá de cueca, mas em nenhum momento disse que as tocaia ia sê relaxada.

Durval disse que estaria em casa e se o pessoal precisasse de alguma coisa podia ir pega lá. Disse também que Pêdo de Câindo tinha deixado muitas bebidas, pra levá pra budega dele.

Durval ficou com os cabras jogando até bem tarde

22:00 em Angico

Zé Latão pediu pra falá comigo em paraticulá e confessô:

— Capitão, depois do almoço, eu tive um sonho com o meu Padin Ciço e foi um sonho estranho onde ele falava: "você tá pronto Zé"; "você ta pronto pra ajudá". Eu acho que é sobre o favô que ele disse que eu tinha que fazê pro senhô.

— Tu acha? — Perguntei.

— Eu acho que sim. Acho que ele mandô eu avisá que eu estou pronto para cumprí minha missão, mesmo num sabenô qual é.

— Zé, não se preocupe que quando chegá a hora a gente vai sabê. Meu Padin Ciço sempre fez assim. Na hora tudo ficá claro.

Galeão

22:00h em Entremontes

Desembarcamos em uma fazenda, que tinha um plantio de milho muito bonito e ficamos ali, quase que acampados. O tenente João Bezerra armou logo uma rede e se deitou. Não sei onde mulesta ele conseguiu aquela rede.

A cachaça comia solta dentro da volante, todos bebiam: do tenente ao soldado mais novo.

O sargento tava impaciente, num parava num canto. De uma hora pra outra ele chegou perto do tenente, e eu fui escutar a conversa. Escutei quando o tenente perguntou:

— Aniceto o que mulesta a gente tá esperando aqui?

Aquilo demonstrava que o tenente não tinha comando da tropa, ele era a maior autoridade, mas num estava comandando nada, quem tava levando a volante era o sargento. Quando a gente saiu de Piranhas todo mundo percebia que o tenente não sabia nem aonde ia desembarcar. Quando chegou na fazenda Remanso, foi o sargento que mandou o canoeiro atracar as canoas pra gente descer.

Ficamos ali esperando mais ou menos uma hora. Quando chegou uma pessoa, novamente eu fui pra perto para escutar. O recém chegado era o Jóca do Capim. Aí as coisas começaram a ficar estranha! E eu me perguntava: o que Jóca tava fazendo aqui? No meio desse mato? Quando ele chegou o sargento Aniceto levou ele pra um canto, prá conversar. Jóca foi logo dizendo:

— Sargento, o home ta lá. Mande buscar, antes que ele saia de casa.

O que deu a entender foi que Jóca ficou na budega de Pêdo de Cândido, simplesmente para impedir que ele saísse de casa.

Depois que Jóca foi embora, o sargento foi procurar o tenente:

— Tenente, a gente tem que ir busca Pêdo de Cândido, que ele sabe onde Lampião tá.

— Pêdo!? Você tem certeza?

— Toda certeza do mundo — respondeu o sargento.

Todo mundo notava que o tenente João Bezerra tava querendo embromar o máximo que pudesse. Primeiro, porque ele achava a volante pequena e era quase um suicídio atacar Lampião naquela situação; segundo, ele sabia que Lampião estava com muita munição e terceiro, ele não tinha certeza que Lampião tinha viajado, como disse em seu encontro no alto das Imburanas. O único que estava afoito era o sargento Aniceto porque estava confiando no veneno, que Durval ficou de levar. Agora, se Durval dissesse que num tinha levado o veneno, eu queria ver se o sargento tinha aquela coragem toda.

O tenente não falava nada. A vida dele era brincar, enchendo o saco de Antôe Jacó, chamando ele pelo apelido de Mané Veio. Então o sargento chegou perto do tenente com raiva e falou:

— Tenente se o senhor não mandar, eu vou pedir ao aspirante.

O tenente vendo que seria uma desmoralização total, resolveu mandar. Chamou Biba e Elias, logo os dois cabras mais enrolados da volante. Mandou que eles fossem ate a casa de Pêdo, com o seguinte recado: O tenente João Bezerra tá lá na Fazenda Remanso e quer falar com você. Mandar Biba e Elias era querer que o negócio desse errado, mas o sargento num disse nada e eles dois entraram nas canoas e foram pelo rio, cumprir a missão do tenente.

A casa de Pêdo de Cândido era distante de onde a gente ficou. Para ir a pé demorava uma hora.

Ao desembarcar em Entremontes os dois soldados foram direto à casa de Pêdo e encontraram a porta da budega fechada. Bateram. Dento da casa, juntamente com Pêdo, estava Miguel Texera um grande amigo do capitão. Ele chegou assim que Jóca do Capim saiu. Pêdo já tava doido pra fechar a bodega, mas Jocá do Capim não saia. Assim que Joca saiu, Pêdo fechou e ficou com Miguel Texera bebendo dentro de casa. Miguel foi até à casa de Pêdo pra saber onde o capitão tava, pra levar uma encomenda pra ele.

Pêdo, ao escutar as batidas na porta perguntou:

— Quem é?

— É a força. — respondeu um dos soldados.

Rapidamente Pêdo deixou que Miguel Teixeira escapasse pela porta de trás da casa, e foi atender os soldados.[44]

---

[44] Nas várias obras sobre o rei do cangaço que eu tive acesso, poucas foram as que escreveram sobre a presença do coiteiro Miguel Teixeira na casa de Pedro de Candido, fato que teve uma importância fundamental em Angicos naquele 28 de Julho. Transcrevo agora parte da entrevista de Francisco Rodrigues Pereira, morador de Piranhas, e uma das poucas testemunhas, imparciais, do que aconteceu naqueles dias, em um depoimento para o escritor e pesquisador Antônio Amaury Corrêa de Araújo, publicado no livro *Assim Morreu Lampião*, pagina 131.

"Quando eles chegaram e bateram na porta de Pedro de Candido, ele levantou e disse:

Pêdo de Cândido abriu a porta e perguntou do que se tratava. Os soldados disseram que o tenente João Bezerra queria falar com ele, então Pêdo deu uma desculpa que realmente não convenceria a ninguém:

— Minha esposa esta grávida e perto de descansar, diga ao tenente que não posso ir agora, que depois eu falo com ele.

Em outra situação, qualquer soldado teria cumprido a missão do tenente nem que tivesse que arrastar o cabra pelos cabelos. Naquela noite os soldados aceitaram aquela desculpa deslavada de Pêdo e voltaram para a canoa. Era falta de vontade geral.

Quando os soldados saíram, Pêdo de Cândido voltou rápido para dentro da casa e correu para a porta da cozinha. Abriu a porta e chamou Miguel Teixeira, mas não conseguiu falar com ele.

Os soldados voltaram para o barco e retornaram para o local que a gente tava. Quando eles chegaram e contaram a história, o tenente João Bezerra disse rindo:

— Eu num estou dizendo que a caçada tá perdida.

— Perdida uma ova! Bimba, vamos comigo! — disse Antôe Jacó

Quase que ele me chamava. Ele anida olhou pra mim, mas como eu num era muito da intimidade dele, ela resolveu chamar Bimba. Sem

---

– Quem está falando?
– É a força!
Ele já abriu atemorizado.
Na sala de jantar de Pedro de Candido estava o maior coiteiro do estado da Bahia.
Era Miguel Teixeira.
Pedro de Candido disse prá ele:
— A força bateu na porta!
Miguel Teixeira, por detras da casa, escapou. Que já vinha com entendimento com Lampião."

demora embarcaram nas canoas e foram rio a baixo para Entremontes. Lá, foram direto para a casa de Pêdo e chamaram, quando ele apareceu, o soldado Antoe Jacó disse:

—Pêdo, o tenente chamou você e você disse que num ía rapaz? Vamos com a gente.

— Pelo amor de Deus Antoe...

— Tá com medo de que Pêdo? Eu num vou com você. Enquanto eu tiver por perto, ninguém meche com você, num se preocupe. — disse Antoe, botando a mão no ombro de Pêdo.

Quando Pêdo ouviu aquelas palavras ficou mais calmo e resolveu cooperar. Sem qualquer explicação o soldado Antoe Jacó disse:

— Bimba, você vai com a canoa que eu vou com Pêdo por terra.

Quando Bimba chegou de volta sem Pêdo e sem Antôe, o sargento perguntou:

— Eu num acredito! O que aconteceu? Cadê o home, Bimba?

— Antoe Jacó vem a pé com ele, e mandou eu vir na frente, de canoa.

Eu achei que até Antôe tava com embromação. Por que ele não veio na canoa? A diferença era muito grande, de canoa a gente gastava quinze minutos isso porque era rio acima, mas a pé era negócio de uma hora se a pessoa andasse de dia e com vontade. Por isso eu digo, que até Antôe Jacó tava com embromação, mas na frente da gente, era uma valentia que dava gosto.

O aspirante tava ficando com muita raiva. Fazia muito tempo que a gente tava ali esperando. Tava um frio da mulesta e por isso mesmo tinha muita gente bebendo cana além do limite, pra esquentar.

Depois de uma hora mais ou menos, Antoe chegou com Pêdo com toda calma do mundo.

Assim que o sargento Aniceto viu Pêdo, foi pra cima dele com uma faca na mão, querendo torturar o coitero. Quando o tenente notou a intenção do sargento, partiu para evitar, mas quando conseguiram acalmar o sargento ele já havia quase arrancado uma unha da mão de Pêdo. O tenente falou:

— Pode deixar, que eu confesso o cabra.

— Pêdo, num adianta escondê, se Lampião estive aí diga pra gente.

Tenho certeza que o tenente João Bezerra só perguntou aquilo, porque tinha certeza que Pêdo ía negar.

— Eu num sei de nada tenente.

O sargento Aniceto gritou:

— Esse safado sabe sim!

— Acho que a gente tem que acreditar nas pessoas — disse João Bezerra doido pra dar por encerrada a caçada.

O sargento tirou o chapéu, coçou a cabeça e disse:

— Se ele não sabe, eu sei quem sabe, o irmão dele Durval, que mora com a mãe lá do outro lado do rio.

Todos ficaram em silêncio por um instante e o tenente disse:

— Então vamos procurar Durval.

O aspirante que até aquela momento num tinha se metido na conversa, não perdeu tempo reuniu logo a volante. Partimos para um confronto com Lampião e a tropa num tinha sido avisada de nada.

Repare quanto tempo foi perdido nesse chove-num-molha. Chegamos em Piranhas às seis e meia, mais ou menos, e só às duas e meia da madrugada, foi que embarcamos para atravessar o rio São Francisco para ir para casa da mãe de Durval.

Começou a cair uma chuva muito fina e constante que molhou todo mundo. Os cantis com cachaça continuavam correndo de mão em mão. A cachaça na cabeça diminuía ainda mais o moral da tropa. Depois de uma travessia muita difícil com água entrando no barco, desembarcamos do outro lado do rio, no estado de Sergipe. O canoeiro, com muita perícia, atracou as canoas na desembocadura do rio Angico. Desembarcamos e ficamos esperando ordens.

28 DE JULHO DE 1938, QUINTA-FEIRA

O capitão Virgulino,

00:00h em Angico

O que aconteceu naquela madrugada foi muito triste para min. Por isso é com muita tristeza que recordo. O dia tinha sido muito quente e a noite tava com ameaça de chuva e fazia um friozinho muito bom. O safado do Durval ficou ate àquela hora jogano e conversano com os cabras. Ele sabia realmente disfarçar. Elétrico pediu pra ir com Durval buscá mais bebida na casa dele, eu autorizei. Antes de sair o safado teve a corage de chegar perto de mim e se despedí dizendo:

— Seu capitão, eu vou pra casa, se precisar de alguma coisa é só mandá chamá.

Até hoje eu num sei como foi que aquele safado teve a corage de ficá ali mesmo sabeno que as bebidas tava envenenada, o miserave era realmente muito frio.[45] Foi em toda minha vida de cangaçero o cabra mas frio que conhci, acho que ele pençô: se eu fica aqui e o capitão descobri o veneno ele num vai desconfia de min porque eu também tô bebeno. Ele realmente tava bebendo, só que era cana, ele e todos os outros que estavam jogando com ele.

Quando os cabras chegaram de volta da casa de Durval, foram logo abrino e bebeno sem nenhuma fiscalização. Eles trouxeram cachaça, vinho e o desgraçado do cinzano que tava envenenado.

Após o ataque Zé Sereno e outros cangaceros que escaparam, disseram em várias entrevistas, que viram e que me avisaram, que a comida e a bebida tava com veneno. Isso não aconteceu, porque se eu tivesse visto, seria um verdadero terremoto e o Durval teria que se explicá comigo e se não explicasse, eu mesmo ía sangrar aquele safado. Ele escapou por pouco de morrer.[46]

Santinha veio até minha barraca e mais uma vez pediu a melancia. Eu, pra não fazê mais confusão dei, e ela foi comê com Sila, Elas ficaram junto à barraca de Zé Sereno, em cima de uma pedra, no alto das Perdidas e acho que Sila não bebeu, porque estava muito próximo de Zé.

---

[45] Durval Rodrigues Rosa, segundo os historiadores, era realmente muito frio, veja parte da terrível declaração que ele deu ao historiador Antônio Amaury Corrêa, na página 201.

[46] É muito importante explorar mais este assunto, porque o cangaceiro Zé Sereno e sua companheira Sila deram vários depoimentos a pesquisadores e contaram historias, que precisam ser esclarecidas. (Veja parte desses depoimentos na página 200)

Santinha não fumava nem bebia, na minha frente. Naquela noite ela se afastô para fumá e bebê alguma coisa. Por infelicidade ela levou uma garafa do cinzano que tava envenenado. Levou para bebê, porque ela gostava muito de cinzano.

Sila disse que viu luzes acenderem e apagarem e disse que mostrô pra Sabtinha. É interessante como são as coisas: depois que tudo acontece, todo mundo tinha visto tudo; todo mundo sabia de tudo. Na hora num viram foi nada. A barraca de Zé Sereno tava muito longe da nossa, e nem ele, nem Sila, num viram foi nada. Pra o se ter uma idéia, Zé Sereno pensou que era Pêdo que tava no acampamento naquela noite, ele confundiu Durval com Pêdo, os dois eram irmão, magro e branquelos, mas de perto num se confundia. Zé confundiu e saiu dizendo pra todo mundo, que Pêdo de Câindo tinha ficado no acampamento ate tarde da noite. Ele não conseguia escondê a raiva de num tê sido escolhido para me substituí e depois da reunião ele num foi mais lá embaixo onde eu tava.

Depois de bebê um pouco e comê a melancia, Santinha voltou para nossa barraca e eu vi quando ela chegou. Ela deitô e não disse nada. Ela pensava que eu tava dormino. Ela deitou-se e dormiu.

02:00h em Angico

Santinha se acordô e começô a vomitá, na mesma hora eu também acordei e perguntei o que era, e ela disse que achava que a melancia tinha feito mal. Ela num queria dizê que tinha bebido, porque naquela época não era bonito mulhé bebê. Eu sabia que ele bebia, mas como ela sempre bebia muito pouco, eu não ligava. O vômito aumentô e ela começô a vomitá sangue, aí eu vi que era veneno.

Luis Pêdo veio para perto de mim e eu vi que ele quase não se segurava em pé, tava evenenado também. Lá, eu num sabia onde tinha sido colocado o veneno. Fiquei com medo que fosse no picado de bode, porque todo mundo que tava comigo comeu, inclusive eu. Em nenhum momento desconfiei do cinzano. Eu fiquei tentando me lembrá quem tinha trazido o picado.

Como na minha cabeça o picado era que tinha sido envenenado eu descartei a possibilidade de tê sido Pêdo ou Durval porque eles só tinham trazido as bebidas, então chamei quem estava perto de min, veio Vila Nova e Vinte e Cinco e eu pedi que eles fossem até a casa de Durval, buscá Leite pra dá a Santinha e pra todo mundo, pra vê se cortava o efeito do veneno. Eles foram e eu fiquei naquela agonia.

Galeão,

02:30h no Rio São Francisco

A volante ficou na boca do riacho do Angico e uns poucos foram para a casa de Durval. Eu nunca fui um cabra curioso, mais naquela noite tudo tava me chamando a atenção. Não sei explicar, só sei que eu sentia que algo importante ía acontecer e eu tinha que ficar por perto pra não perder um só detalhe, então resolvi acompanhar a comitiva que foi na casa de Durval.

Quando chegamos na casa dele, Pêdo chamou:

— Durval! Durval! Abra aqui.

Durval veio bem devagar e falou com uma voz baixa:

— Home, já vieram buscá o resto?

— Abra a porta é a força. — disse o aspirante Ferreira de Melo

Quando Durval abriu, o aspirante meteu a mão na cara de dele, que ele caiu no chão.

— Qยem veio busca o quê? Cabra safado! E o que é o resto? — gritou o aspirante.

— O leite, que eles vieram buscar[47] — Durval falava enquanto se levantava.

Quando o aspirante, já bastante bêbado, ía dar outra tapa o tenente se meteu e disse:

— Num é assim não Ferreira que se cuida de coitero importante, ele pode ter muita informação, tenha calma.

O aspirante obedeceu e já falando mais baixo perguntou:

— Você sabe onde os cangaceiros estão?

Durval olhou para o irmão mais velho como que perguntando o que falar.

Ai Pêdo de Cândido falou:

---

[47] O soldado Antoe Jacó confirmou em uma entrevista, que quase topava com os cangaceiros que foram buscar o leite. Transcrevo parte da entrevista que esta no livro de Antonio Amaury Corrêa de Araújo, *Assim Morreu Lampião*, na página 117:

> "Tinha um subrinho di Pedo, di Cândida, cujo nomi era Horacio, qui tava tirando leite das vaca num curral, isso mais ou menos, umas 3 pra 4 horas da manhã.
> Quando eu entrei pur um lado do curral os cangacêro saíram cum o leiti pelo otro lado.
> Pur um nada qui nóis num si tópa!
> Depois eu vi, o rastro tava lá."

— Diga a eles Durval. Diga a eles, que a gente não tá sabendo de...

— Eu sei seu tenente. Lampião que tá lá na grota do Angico.— respondeu Durval, antes mesmo que o irmão pudesse terminar de falar.

Ao escutar aquilo o tenente ficou branco que mesmo num escuro daquele, a gente notava. Já Pêdo de Cândido estava de boca aberta, não acreditava que o irmão tinha entregado o esconderijo de Lampião. Aquilo era uma sentença de morte.

— Então você vai levar a gente lá — falou Antoe Jacó segurando o braço de Durval.

Durante o interrogatório o sargento Aniceto ficou calado. O que ele queria perguntar, num podia ser perguntado ali.

O aspirante vendo que tinha várias garrafas de bebidas na sala da casa da mãe de Durval, ele entrou e pegou quatro garrafas de cachaça para levar pra volante. Quando o sargento viu as garrafas na não do aspirante, correu pra perto pra olhar que tipo de bebida ele tinha pego, e demonstrando interesse pela bebida, perguntou:

— Aspirante o senhor trousse cinzano?

— Oxente! Tá me estranhando sargento? E eu lá home de tomar de cinzano! Só peguei cachaça. Quer uma garrafa? — O aspirante falou e levou uma topada, só não caiu porque o sargento Aniceto segurou ele pelo braço.

O sargento respirou aliviado, pegou uma garrafa de cana e voltou para junto dos outros.

Quando a gente tava voltando prá se encontrar com o resto da tropa na boca do Angico, o sargento Aniceto chegou perto de Durval e perguntou:

— Durval, e o cinzano?

— Levaram tudo, e antes de vocês chegarem, eles vieram buscar leite. Estavam muito aperreado e levaram muito leite. Estou pensando que eles beberam o veneno.

Aquilo animou muito o sargento.

Na desembocadura do Angico a nossa tropa tava um bagaço. Tava todo mundo muito bêbados. A chuva tinha parado fazia tempo, mas a bebedeira não.

A demora e a incerteza de quem era o inimigo e aonde ele tava, tudo isto assustava a volante. Quadro o tenente viu aquele quadro, teve outra crise de desistência e perguntou a Durval:

— Quantos cangaceiros têm lá, menino?

— Tinha 43, quando eu saí de lá, mas estava pra chegar o grupo de Curisco com mais 9 home e o de Labareda com mais um bucado, que agora eu num me lembro.

Com aquela confissão de Durval, João Bezerra decidiu que não ía mais, ele achava que a volante era pequena pra enfrentar Lampião. Foi quando o sargento, já sabendo da possibilidade dos cangacêros estarem envenenados, se encheu de coragem e disse:

— Tenente, eu vou de todo jeito.

Com aquilo se criou um clima de coragem em alguns da volante. O aspirante Chico Ferreira, totalmente embriagado, num ato de indisciplina disse ao tenente:

— Se o senhor não for tenente, eu vou sozinho com meus cabras.

Toda aquela briga dos oficiais a tropa tava escutando e o tenente ficou numa situação muito difícil.

O comando da volante a partir daquele momento passou realmente para a mão do aspirante. E ele decidiu o que seria feito.

O soldado Antoe Jacó, também bastante quente, aproveitou a oportunidade e falou:

— Seu tenente, se o sinhô num for, eu vou sozinho, porque o meu problema com Lampião é particular e hoje eu brigo com Lampião, queira ou não queira o senhor.

03:00h na Forquilha

Saímos da boca do riacho do Angico e fomos para a boca do riacho da Forquilha que é outro rio que deságua no São Francisco.

A volante foi dividida em três: uma comandada pelo aspirante Francisco Fereira, outra comandada pelo sargento Aniceto e uma, sem muita vontade, comandada pelo tenente João Bezerra.

Antes de sair, o sargento chamou o soldado Antoe Jacó e disse:

— Antôe, tudo indica que os cangaceros tomaram o veneno que a gente mandou.

Eu tava com muito medo, porque antes de tudo, tinha um respeito muito grande pelo capitão Lampião, não só eu, mas uma grande parte da volante sabíamos que ele tinha poderes sobrenaturais e que tinha o corpo fechado e, por mais armas que tivesse, não seria páreo pra um homem que não se conseguia matar. O sargento vendo que eu tava com muito medo e ele gostando muito de mim falou:

— O que é que tu tem Galeão?

— Nada Sargento, só estou cansado. — respondi.

— Num precisa ter medo, que os safados há essa hora deve de estar tudo é morto, que a gente botou veneno nas bebidas deles.

Aquilo, em vez de me encorajar, me decepcionou, porque Lampião num era home pra se matar com veneno, a volante que pegava cangaceiro com veneno era considerada covarde; heroísmo era enfrentar e pegar eles na bala. Num gostei do que eu escutei do Sargento Aniceto.

O aspirante, mesmo sabendo que Durval era um civil, mandou que Durval levasse a sua metralhadora porque ela tava bêbado demais.[48]

Saímos em fila indiana: na frente, a tropa do aspirante, onde eu estava; logo depois a do sargento e por ultimo a do tenente. Partimos por dentro do riacho da Forquilha e antes de subir as Perdidas, ainda embaixo, o aspirante reuniu todo mundo e disse que a partir daquele momento as tropas iam se dividir. O tenente subiria as Perdidas, o sargento Aniceto, com sua tropa, dava a volta por trás, e nós, fomos direto para o leito do rio Angico, mais ou menos um quilometro rio abaixo de onde tava o acampamento de Lampião.

Quando conseguimos descer as barreiras inclinadas e chegamos no leito pedregoso do Angico o aspirante disse:

— Galeão, suba e vá lá prá aquele morro ali por cima.

---

[48] A volante do tenente João Bezerra estava totalmente embriagada. Transcrevo parte de uma declaração muito importante de Durval Rodrigues Rosa, onde ele afirma que realmente levou a metralhadora do aspirante Francisco Ferreira, devido o elevado estado de embriagues alcoólica em que se encontrava o homem que, na teoria, estava comandando as tropas naquela madrugada. (Veja parte do depoimento na página 209)

Na hora eu achei muito ruim. Ter que subir outro morro. Eu já estava bastante cansado, mas era ordem e eu num tinha como dizer que num ia. Ele continuou com o resto da tropa indo por dentro do leito do rio Angico. O leito do rio não se perecia, e ainda hoje não se parece, em nada, com a idéia que a gente tem de um leito de um rio: nele, corria um pequeno filete de água, que vinha serpenteando pedras de todo tamanho, tinha árvores, plantas cheias de espinhos, sem falar nas cobras, aranhas e uma infinidade de bicho perigoso, que a gente encontrava no caminho. Os que ficaram com o aspirante caminharam por dentro do rio, um atrás do outro, porque não tinha nem como andar direito.

Nem duas pessoas podiam andar uma ao lado da outra. Só se podia andar um atrás da outro. Eu estou batendo nesta tecla, porque depois do ataque o tenente João Bezerra teve a coragem de dizer, que colocou a tropa em linha para atacar o capitão. Num terreno desgraçado daquele, colocar a tropa em linha, só quem nunca foi no Angico pra acreditar num conversa daquela. E tem outra coisa, ele era tenente e tava à frente da operação, a versão dele foi a que ficou como oficial, passando, esta grande mentira, de geração em geração.

O capitão,

04:00h em Angico

Num tinha mais jeito, Santinha tava morreno. Luis Pêdo também. Vi quando Luis Pêdo, tentava com muita dificuldade, de quatro pé, subí o morro das Perdidas, acho que pra pedí ajuda a Zé Sereno. Tinha cangaceiro morreno nas barracas e alguns eu vi que já tava morto. Acho que beberam veneno demais e morreram sem podê sair nem da barraca pra pedí ajuda.

A peste do veneno ruía a pessoa por dentro e quase num deixava falá era só vomitano sangue o tempo todo

Os tocaia do alto das Imburanas desceram correno, traziam Miguel Texera, eles vendo a confusão deixaram Miguel e foram ajudar os envenenados. Apontando na minha direção indicavam mais ou menos onde eu estava. Quando Miguel chegou próximo da minha barraca, disse assustado:

— Vige nossa Santíssima! O capitão tá morreno!

Ligeiro eu olhei pra trás e vi quando Quinta-Fêra, disse:

Tu tá ficano doido é Miguel! Esse é Zé Latão. Olha o capitão ali home!

Antes que eu dissesse algumas coisas, Miguel falô baixinho:

— Capitão, a força ta lá na casa de Pêdo de Câindo, lá no outro lado.

— È a força de quem? — perguntei.

— Eu num sei capitão. Assim que eu vi, corri pra avisar e só demorei porque foi difícil arrumar uma canoa nessas horas

— Muito obrigado Miguel, mas vá embora, que quando eles chegarem nós vamos briga e num vai ser mole não.

Miguel Texera foi embora e eu mandei que descessem as tocaias tanto das Imburanas como das Perdidas para Pra gente batê em retirada levano os que ainda tina chance de escapá.

Tava tudo escuro e por causa do nevoero eu não via as coisas direito. Santinha não tinha como escapá. Eu tinha perdido dois irmãos e muitos amigos no cangaço, mas perdê Santinha era uma coisa, que pelo visto, eu não estava preparado.

Os cabras chegaram com o leite, mas Santinha num conseguiu nem bebê. Ela respirava cortado. Seria melhor se ela tivesse bebido muito, porque teria morrido rápido e não teria sofrido, como sofreu. Foi quando minha fé falou mais forte e eu me senti na obrigação de fazê a encomendação do corpo de Santinha para que ela tivesse uma boa morte. Então iniciei a oração de encomendação: Senhô Jesus Cristo, pela vossa santíssima agonia... E aí vai...[49] Na época eu sabia decorada de tanto encomendá as almas dos cabras que morriam perto de mim.

Enquanto eu tava realizano aquele ato de piedade cristã, Zé Latão veio rastejando para perto de mim. Ele também com sintomas de envenenamento. Com muito sangue saino pela boca e um suor danado, ele falô algo que não dava pra entendê, botei minha cabeça próximo a sua boca e escutei a seguinte frase:

— Capitão me dê as suas coisas!

— Como assim Zé num tô entendeno.— disse colocano de novo o rosto perto da boca dele e a voz dele mudô, ficô igual a do meu Padin Ciço e falô o seguinte:

— Virgulino Dê suas coisas para Zé Latão.

---

[49] Procurei essa oração de encomendação que o capitão iniciou e não concluiu. Encontrei em um antigo livro católico, mas não era a oração encomendação e sim orações para os moribundos, (Veja a oração na pagina 210).

Me subiu um arrepio em todo o corpo e logo liguei uma coisa com a outra, veio tudo de uma vez só no meu juízo e eu comecei a entendê tudo. O Padin Ciço estava preveno aquele acontecimento e mandô Zé Latão para me ajudá e ele realmente parecia comigo, podeno sê confundido comigo.

Estava naquele momento se cumprino a visão da rezadera lá de Umã.

"VEJO MUITO MAL PORQUE ESTÁ ESCURO...".

Realmente estava tudo escuro devido a neblina.

"OLHE BEM PRA ZELAÇÃO... DEPOIS FICA TUDO PRETO...".

Por muito tempo quando eu via uma zelação eu ficava muito preocupado e veno a hora a gente sê atacado, mas num era zelação que a burra da vidente escutou no sonho e sim Zé Latão. Depois fica tudo preto é a morte dele. A morte de Zé Latão.

"E PRONTO, TUDO SE ACABOU...!"

"Tudo" se acabou. Era o fim de uma vida de cangaço. E realmente tudo sc acabava. O cangaço pra mim tava acabado.

Sem pensá mais em nada, peguei meus borná, que estavam perto de min, e botei em cima dos peito de Zé Latão e meu chapéu deixei ao seu lado.

Feito aquilo, me voltei pra Santinha e continuei a encomendação. Nisso eu vi quando Zé Sereno vinha descendo, acho que para rezá o ofício. Tenho certaza que ele tava pensando que a gente tava rezando o ofício como todos os dia. Tudo dava a entendê que era o Ofício, porque eu tava de joelho como eu sempre rezo, mas não, naquela noite eu tava rezano uma reza que eu num gostava; que eu tinha rezado só em ocasiões tristes. Mas tinha que fazer e num tinha jeito, porque é dever de todo cristão encaminhar os outros no cominho do céu.

Galeão

04:30h em Angico

O aspirante foi pelo pior terreno e chegou primeiro que o tenente. Chegou primeiro porque tava com vontade de brigar realmente. O tenente indo pelo melhor terreno só chegou no local quando tudo estava terminado, A escuridão, junto com a neblina e a chuva fina, não deixava gente ver praticamente nada. A tropa do aspirante chegou a 100 metros do local do acampamento dos cangaceros. Eles viram um cangacero que vinha pegar água em um caldeirão que se formava em uma das pedras no leito do riacho.[50]

Quando eu tava tomando posição, em cima das Imburanas, escutei um tiro que vinha de dentro do riacho do Angico. Não sei quem deu o primeiro tiro, só sei que foi precipitado e pelo jeito num pegou em ninguém, que o cangaceiro que vinha pegar água, segundo o povo, escapou. Depois, já em Piranhas, falavam que tinha sido Honorato, mas ninguém assumia, porque tinha sido precipitado. Ainda tentaram e inventaram que o primeiro tiro tinha sido dado porque o cangaceiro que atirou tinha visto Lampião, tudo mentira.

Quando foi dado o primeiro tiro o tenente João Bezerra estava a uma distância muito grande[51]. Ele só chegou depois de tudo terminado e ainda com um tiro na perna. Como ele levou aquele tiro, não se sabe, mas a tropa toda comentava que ele tinha sido ferido pelos próprios soldados da tropa dele, que vinham atirando pra todos os lados, tanto é que morreu um soldado da tropa dele e num se sabe como.

---

[50] Um tiro dentro da caatinga fechada e a cem metros de distância dava para os cangaceiros reagirem ou mesmo fugirem. Muitos soldados da volante disseram que chegaram tão perto e que viram a barraca de Lampião.

[51] Vejamos parte da entrevista do Sr. Francisco Rodrigues Pereira ao Pesquisador Antônio Araury Corrêa de Araújo *Assim Morreu Lampião*, na página 133;

> "Tomaram posição e entraram em fogo.
> João Bezerra estava a uma distância ainda de talvez uns quinhentos metros, no alto.
> João Bezerra tinha muita vontade de brigá, noutra vez desta não. Quem tá dizendo sou eu. Qui elis mesmos disseram a mim, os próprios. Ele foi a pulso, disseram, mas a pulso. Que ele já estava mal colocado..."

O capitão

Escutamos o primeiro tiro e eu me preparei para respondê. Foi dado o tiro, mas não acertô ninguém. Ai todos macacos começaram a atira: era tido de bem pertinho; era tiro de longe; todos ao mesmo tempo. Os tiros que vinham na nossa direção vinham do mesmo lagá: de dentro do leito do riacho do Angico, e eu respondi com vários tiro também[52] logo em seguida uma metralhadora atirô do mesmo lugá de dentro do leito do Angico.

Os únicos tiros que ameaçô a gente foi ao que vinham de dentro do Angico. Não aconteceu tiro de todos os lados em nossa direção, como disse depois o frouxo do João bezerra. A gente tinha mais de cinqüenta cabras dentro daquele leito de rio, se realmente as três metralhadora tivessem atirado ao mesmo tempo e na nossa direção, não tinha sobrado ninguém, mas só morreu onze, a grande maioria escapô. Por quê? Porque os tiro vinha só da frente, do Angico. Os que não tinham bebido a merda do cinzano, escaparam pela Perdidas, que era mais fácil.

Respondi com meu fuzil. Foi quando escutamos uma segunda metralhadora ainda longe.

---

[52] Outro assunto polêmico entre os pesquisadores do cangaço é saber se Lampião respondeu ou não aos tiros naquela noite. A grande maioria fala que ele não deu um único tiro. (Vele a pena ver as observações detalhadas nas páginas 204).

O soldado Galeão pede a palavra.

Provavelmente era a metralhadora do tenente João Bezerra, que segundos testemunhas, estava ainda terminando de subir as Perdidas. Mesmo em cima das Imburanas, eu notava que uns tiros eram no leito do Angico e outros eram distantes.

O Capitão retoma

Então decidi batê em retirada e subi as parede das Imburanas.[53] A subida foi muito difícil. Chegando lá em cima, encontrei com um soldado que enfiou o fuzil na minha cara e disse com os dentes cerrados:

— Pra onde pensa que vai cangacêro safado?

— Num sei, só quero ficá longe de gente da sua raça. — falei ofegante

— Minha raça é a que vai dá fim a sua, seu peste!

— Que seja, mas como home, não usano veneno.

Quando eu disse aquilo, vi que ele ficô em silêncio, então, olhei bem pra cara dele e vi que ele num tinha gostado do que ouviu, ai ele perguntou:

— Vocês foram envenenados?

— Coisa de cabra safado, que ainda vai se vê comigo.

Com o cano do fuzil debaixo do meu queixo ele levantô a minha cara pra que pudesse me vê melhó. Com os primeiros raio do sol daquele

---

[53] Veja croqui dos deslocamentos das tropas e do capitão, na página 206.

triste dia o soldado ficô olhano pra mim como se me conhecesse, então perguntou:

— Como é o seu nome cangacêro?

— Eu me chamo Virgulino Ferreira da Silva, nas pra você é Capitão Lampião.

Ouvino aquilo ele ficou por um momento sem sabê o que fazê, e depois perguntô:

— Eles botaro veneno na comida mesmo?

— Tá se fazeno de besta macaco safado! Você sabe de tudo! Só podia sê o Bezerra, aquele froxo, fila da puta.

— Não foi o tenente João Bezerra não, capitão.

— Essa e a volante do tenente João Bezerra. Eu mesmo escutei os macacos chamano por ele, durante a minha subida

— A volante é do tenente, mas num foi ele que butô o veneno não, foi os dono do sítio — respondeu o soldado.

Não se falô mais nada, ele tirou a arma da minha cara e disse:

— Vá embora capitão, que essa volante num merece nem uma bala do seu revolve.

Eu levantei, controlano a respiração e perguntei:

— Como é o seu nome soldado?

— Galeão, capitão! Soldado Galeão! — respondeu, e fez um movimento com o fuzil para que eu andasse, mas continuô apontano o fuzil para mim enquanto eu me afastava, acho que era porque eu tava armado e ele não queria se arriscá[54]

O ex-soldado galeão,

Ajudei o capitão porque sempre fui mais cangacêro do que polícia. Fui, e ainda sou um grande admirador do capitão. Naquela noite, quando ele disse que era o próprio, prá ser sincero eu não acreditei, mas na dúvida, deixei ele escapar.

Depois de ajudar o capitão e quando os tiros terminaram, desci para o leito do rio para ver o que tava acontecendo. Parei no meio da decida das Imburanas, onde dava pra ver tudo o que se passava e o que eu vi me causou repugnância, os soldados mais antigos estavam brigando pelas coisas dos mortos.

Antoe Jacó vinha descendo as perdidas e encontrou um cangaceiro morto devido ao veneno, era Luis Pêdo. O soldado Antoe Jacó, tentou

---

[54] No Instituto Histórico e Geográfico de Alagoas em Maceió estão os pertences de Lampião, inclusive um fuzil que dizem ter pertencido a ele, porém esta declaração do capitão, que tinha fugido com sua arma, me deixou curioso. Veja o que eu descobri em minhas pesquisas depois do encontro:

> "O chapéu se acha no Instituto histórico e geográfico de Alagoas, em Maceió, com alguma supressão de elementos, ao lado dos bornais, orações, cartucheiras de ombro, óculos, apito, alpercatas, resto de um lenço de pescoço, punhal, pistola e seus coldre. Apresenta-se ali também um mosquetão tipo 1908. É falso. Há prova farta de que lampião portava, ao morrer, arma tipo 1922."

Esta informação esta na página 107, no livro de *Quem Foi Lampião*, do pesquisador Frederico Pernambucano de Mello, um dos maiores e mais respeitados pesquisadores do cangaço do nosso País.

tirar os anéis dos dedos e não conseguindo devido ao inchaço.[55]

Simplesmente ele, com um facão, cortou as mãos do cangaceiro e colocou dentro do borná. Nem ele, nem ninguém, sabia que aquele cangacêro era Luis Pêdo. Ele pensava que era Lampião e chegou lá em baixo gritando:

— Matei Lampião! Matei o cego safado! Olha aqui os borná dele, chei de dinheiro.[56] Tem outro rico aqui, quem será que é?

Já tinham alguns sem cabeça. Uma verdadeira carnificina. Eu tinha retomado minha decida quando escutei três tiros. Foi Zé Panta, que se aproximou de um cangacêro que tava morrendo e deu três tiros de fuzil, a queima roupa, na cabeça do infeliz e só não deu mais porque foi impedido pelo próprio soldado Antoe Jacó.[57] Exatamente aquele

---

[55] Um depoimento dado pelo soldado Antônio Jacó serve para se tirar uma conclusão muito importante: Os cangaceiros já estavam mortos quando os militares chegaram no coito, por isso o corpo de Luis Pedro já estava inchado, o que impossibilitando que o soldado Antônio Jacó tirasse os anéis de seus dedos, sendo necessário arrancarem-lhe as mãos. (Ver parte deste depoimento na página 206).

[56] Leia uma declaração importante, onde notamos que a grande maioria dos soldados não sabia quem era realmente Lampião dentro daquele inferno (detalhes na página 207).

[57] Leia parte da declaração que o soldado Antônio Jacó deu a Antônio Amaury Corrêa de Araújo no livro, *Assim Morreu Lampião*, pagina 123, onde ele confirma que Zé Latão levou vários tiros na cabeça, ficando totalmente deformado e difícil de identificar.

> Essi cangacero, dispois, Zé Gomes dissi qui era Lampião. Na bandolera du fuzil tinha muitas moedas di oro, libras esterlinas di valor.
> O chapéu também, estava caído ali di lado, era enfeitado com moedas di oro di grandi valor.
> Tinha ainda uma lata, qui entregamos tudo ao tenenti Juão Bizerra.
> Aquelis buraco qui si vê na cabeça di Lampião, qui elis encheram cum chumaço de algodão, são os tiro qui eli levo di Zé Panta.
> Não são dos tiro qui derrubo eli.

cangaceiro que levou Três tiros, falaram depois pra todo mundo que era Lampião.

Quando terminei a descida das Imburabas, vi o tenente João Bezerra que pedia ajuda aos soldados, porque estava ferido com um tiro na perna e com medo dos cangaceiros. Muito diferente do que ele escreveu no livro dele[58].

Quando João Bezerra chegou embaixo, também embriagado, o soldado Honorato puxou ele pela camisa e disse:

— Tenente! Tenente! venha cá por favor.

Chegaram perto do pobre cangaceiro, já com a cabeça cortada e colocada do lado do corpo e Honorato apontando completou:

— Olhe aqui tenente, eu que dei o tiro que matou esse aqui, e é Lampião, ai todos que estavam perto, inclusive Antoe Jacó, gritou que finalmente tinham matado o capitão.

Eu fiquei olhando pra cara do tenente pra ver se ele confirmava, porque ele era um dos mais experientes. Muitos de nós tinha visto Lampião só por fotos... E no fundo a gente sabia do envolvimento dele com Lampião. Ele tirou o chapéu, limpou a testa com a manga da camisa e disse, meio em dúvida:

— Rapaz e num é ele mesmo.

São os tiro qui Zé Panta deu quando nóis chegamos ali. I num atirô mais purque eu num deixei!"

[58] O tenente João Bezerra conta em seu livro, *Como Dei Cabo de Lampião,* verdadeiras façanhas e estratégias militares que ele utilizou para atacar a Grota do Angico, porém veja o que diz o ex soldado Antônio Jacó a respeito da valentia do tenente. (Ver na página 208).

Ai a zoada foi grande e a cachaça comeu no centro.

A gente juntou os corpos e contamos, tinha onze. Os cangacêros que estavam nas barracas perto de Zé Sereno escaparam todos. Eles foram ajudados também pela falta de vontade do tenente João Bezerra.

Quando a gente tava indo pra Piranhas com as cabeças dentro das canoas, eu olhava pra cabeça que Honorato dizia que era Lampião e achava realmente parecido com o cabra que eu tinha deixado escapar, mas se aquela cabeça era de Lampião, o safado do cangacêro que eu dei fuga nas Imburana tinha me enganado. Quanto mais eu olhava, mais eu me convencia que tinha alguma coisa errada.

Lá em Piranhas tinha vindo até doutor, num sei se era médico, mas que todo mundo chamava de doutor, chamava. Era coitero que chegava e dizia que aquele monte de carne disforme era Lampião. Eu comecei a acreditar.

Levamos as cabeças para a prefeitura e colocamos elas na calçada para que os fotógrafos tirassem as fotos. A cabeça de "Lampião" não conseguia ficar em pé por causa dos tiros. Foi quando Zé Gomes correu e pegou algodão e encheu a cabeça do triste com algodão, até ela ficar mais ou menos aprumada. [59] Mesmo assim eu olhava e procurava ver se me convencia que aquele morto era realmente Lampião.

O prefeito elogiava muito o tenente e a tropa toda olhava de rabo de olho, porque sabia que num era merecidos os elogios, e o pior, ele não

---

[59] Veja as fotos das cabeças na escada e o laudo médico do exame da cabeça do suposto Lampião, na página. 209

falava que os elogios deveriam ser estendidos à volante. Ficou numa pose que só vendo. Era o tempo todo com as cartucheiras do capitão cruzada no peito, como se fosse o cabra mais valente do mundo.

Eu notava um pouco de preocupação na cara do prefeito que tava com um bate boca com um médico que tinha na cidade, que agora num lembro o nome dele. Cheguei mais perto para escutar:

— Temos que dar um jeito. Daqui a pouco chegam às autoridades militares e querem ver as cabeças. — Falava o prefeito para o médico.

— Então tem que colocar elas em formol o mais rápido possível, que estão muito estragadas e daqui a pouco entraram em decomposição. — Argumentava o médico.

— E onde molesta eu vou encontrar for... for... Como é mesmo o nome?

— Formol prefeito! É a única jeito de conservar estas cabeças.

Depois de pensar um pouco o prefeito puxou o médico pela manga da camisa, porque ele estava conversando com outra pessoa e perguntou:

— Eu tenho querosene serve?[60]

— Querosene? Nunca ouvi falar que querosene fosse conservante. Mas é melhor do que deixar elas expostas assim.

---

[60] As cabeças dos cangaceiros realmente foram colocadas em latas de querosene na falda de formol. Leia o que está no livro *lampião o Homem que Amava as mulheres*, do pesquisador Daniel Lins:

> "As cabeças de Maria Bonita, de Lampião e de nove outros cangaceiros, como não havia formol, foram conservadas em latas de querosene e seus corpos – o que sobrou – foram jogados num rio seco oferecido como ração aos urubus"

De imediato o prefeito chamou um de seus assistentes e falou baixinho no ouvido dele, e o cabra saiu ligeiro que só a gota.

A rua tava que não cabia mais gente. O aspirante Chico Ferreira, aquele era cabra trabalhador, num tava nem aí pra fama, ele num parou de trabalhar, chamou um monte de soldados e organizou a população que estava fechando em cima das cabeças, atrapalhando o trabalho do fotógrafo. Quando eu vi que ele tava chamando os soldados eu saí de fininho não podia perder nem um detalhe daquele negócio que estava muito esquisito.

Outra coisa estranha: depois que as cabeças foram guardadas na prefeitura dentro das latas de querosene, foi que as coisas de Luis Pêdo, mesmo depois de muita briga, aparecerão todas, as de Dona Maria também, mas as de Lampião, como os óculos e a carteira, num tava com ninguém. [61] Lembrei que o cangacero, que eu deixei fugir estava de óculos e procurei dentro dos despojos, os óculos e não encontrei, então cheguei perto do aspirante e pergunte:

— Aspirante, pegaram os óculos de Lampião?

— Alguém pegou, mas num quer entregar. Mas vai ter que aparecer.

---

[61] Veja o que José Panta de Godoy, que pertencia a volante do aspirante Francisco Ferreira, disse no livro de de Antônio Amaury Corrêa de Araújo, *Assim Morreu Lampião*, na página 91:

> "Chico Ferrera prometeu até di matá o soldado qui tivessi trazido a cartera de Lampião.
> – Si eu subé du cabra qui troxi a cartera di Lampião i num intregá, eu mato.

Naquele momento, aumentou mais a minha duvida se Lampião tinha realmente morrido naquela madrugada.

O tenente mandou que as coisas dos cangaceros fossem colocadas todas em uma ruma, mas todo mundo sabia que ele tinha ficado com muitas coisas, aquilo provocou a maior confusão o soldado Antoe Jacó ameaçou até matar o tenente, foi uma verdadeira bagunça.

Depois de pegar o que deu pra pegar, o tenente fez um documento para o quartel de Maceió entregando o que foi encontrado como o suposto Lampião.[62]

Eu não sei quem espalhou, mas no mesmo dia, o que se comentava na cidade de Piranhas era que os cangaceiros tinham sido envenenados.

29 DE JULHO DE 1938, SEXTA-FEIRA.

Capitão Virgulino.

06:00h Vagando pelas caatingas

Pela segunda vez, na minha vida de cangacero, eu tava sozinho: A primeira foi quando levei um tiro no pé; a segunda foi naquela fuga de Angico. Eu tava feito um morto vivo, andava, andava, mas num me sentia. Eu não tirava da minha cabeça a imagem de Santinha morreno e de Zé Latão ao meu lado. Em outra ocasião eu teria voltado lá e, mesmo

---

[62] Foram feitos dois inventários dos objetos de Lampião, o que me intrigou foi que, no primeiro, feito no dia nove de agosto de 1938, não constam os óculos do capitão, já em um outro, feito três meses depois os óculos aparecem no inventário. Estranho não? (Ver os dois inventários na página 211).

com metralhadora e tudo, teria feito um bocado de estrago, mesmo que morresse também, mas não, eu parecia que tava dopado, como enfeitiçado. Eu andava sem me sentí. Andava e num cansava. Quando foi à noitinha, avistei uma casa e fui ate lá pedí comida. Eu num tava de chapéu, nem com cartucheiras, nem os borná, apenas o fuzil que eu levei na fuga. Quem me olhava dizia que eu era um caçadô ou qualquer outra coisa, menos um cangacero. Cheguei e pedi comida. O moradô mandou eu entrá, botaram uma janta pra mim e eu comi muito. Era como se eles já soubese quem era eu. Não se falava nada. Era uma coisa esquisita, eu olhava pra o pessoal, eles olhavam pra mim. Eu não tinha coragem de falá nada e também não me perguntaram nada. Quando terminei, fui embora sem dizê uma palavra. Hoje não me lembro do local daquela casa, dos rostos das pessoas e olhe que eu nunca esqueço uma cara.

Caminhei o resto da madrugada e quando foi amanheceno eu tava na caverna do Chico. Quando me deu fome novamente eu notei que aquela família tinha me dado comida e água, mas eu não me lembro de tê pedido. Tudo aquilo foi coisa de meu Padin. Foi ele que providenciô tudo pra mim e tenho quase certeza que a família não sabe nem porque me ajudô. Foi coisa do céu mesmo.

Sempre que a gente tava em um coito eu deixava todo mundo ciente qual era o coito de retirada, pra gente se encontrá em caso de tê que fugí e se espalhá no mei do mundo. O coito de retirada de Angico era a Caverna do Chico no Raso da Catarina.[63]

Fiquei ali esperano pela chegada dos outros que não beberam a peste do cinzano envenenado. Esperei, esperei, e nada, ninguém aparecia, comecei a imaginá que todo mundo tivesse morrido naquela noite.

O Ex-soldado Galeão

10:00h em Piranhas

Surgiu uma conversa no meio da volante, que o aspirante Chico Ferreira tava dizendo pra todo mundo que ele e que tinha matado Luis Pêdo, mas nós só vimos Antoe Jacó chegar com as coisas de Luis Pêdo. Eu mesmo não tava entendendo aquela conversa.

Era um meio de engrandecer o segundo homem da volante. Tudo armado entre o aspirante e o tenente João Bezerra, pra promover o aspirante a tenente.

Como eu já disse antes, quando eu tava descendo as imburanas eu tinha visto que Antôe tava tentando tirar as coisas do cangacêro Luis Pêdo, mas eu não vi quem realmente deu tiro. A verdade era que quando Antoe chegou, ele já tava morto.

O tenente João Bezerra tinha ido pra outra cidade se tratar do ferimento na perna e deixou o aspirante à frente no comando da volante.

---

[63] Veja na página 216 um croqui do Raso da Catarina e a Serra do Chico que serviu de coito de retirada do capitão durante a sua fuga de Angico.

30 DE JULHO DE 1938, SÁBADO.

O ex-soldado Galeão

10:00h em Piranhas

Quando amanheceu o sábado a cidade estava em uma agitação só e quando saí de casa fiquei sabendo do comentário que tinham sido vistos urubus mortos envenenados lá em Angico. Por min, eu nunca mais voltaria àquele local miserável, mas fui vencido mais uma vez pela curiosidade. Não contei conversa, peguei um barco para atravessar o rio São Francisco e ir a Angico. Eu tinha que ver aquilo com meus próprios olhos.

Era mais ou menos meio dia quando entramos na caatinga em direção da grota, já na beira do São Francisco a gente via os urubus voando na direção do Angico. Pegamos o riacho da forquilha, as lembranças daquela madrugada vieram na minha mente, sacudi a cabeça tentando esquecer, foi em vão.

Antes mesmo de sairmos do Forquilha e subir as Perdidas, já sentíamos o mau cheiro de podre, me veio uma vontade de desistir e voltar para Piranhas, mas como tinha algumas pessoas indo também, achei chato voltar, então continuei.

Ao descer as Perdidas o mau cheiro estava insuportável, peguei um lenço e amarrei no nariz para diminuir, mas foi em vão. Então pude ver com meus próprios olhos que junto aos corpos tinham urubus mortos, eles estavam todos com as asas e os bicos abertos como se estivessem se contorcendo na hora da morte[64] . Com uma coragem, que ainda hoje não sei de onde eu tirei, chegue perto dos urubus para ver se tinham sido mortos por pedradas ou com um pedaço de pau. Revirei um dos bicho de um lado para o outro e não encontrei nenhum sinal de tiro, nem machucado, nada. Fiz o mesmo em mais três que estavam em outros lugares e não encontrei nenhuma marca, ai deduzi... Eu não vou contar devido ao respeito que eu tenho pelo capitão e tenho certeza que ele não quer saber também.

O capitão naquele momento estava sereno. Não piscava e não movia um músculo sequer do seu rosto, então o capitão olhou para o ex-soldado e falou:

— Deixe de besteira home, continue, a gente num combinou que era pra contá tudo, continue.

---

[64] Uma questão bastante polêmica, e que me deixou intrigado, foi aquela dos urubus mortos. Fui atrás de registros históricos que comprovasse a declaração do ex-soldado Galeão. Depois de muita pesquisa, encontrei no livro *Lampião Além da Versão, Mentiras e Mistérios de Angico,* na página 432, do sergipano e grande pesquisador do cangaço, Alcino Alves Costa, o seguinte:

"Os urubus encontrados mortos criaram um grande mistério em Angico. Ninguém que conhece e pesquisa a história de Lampião, e em particular o combate de Angico, pode negar a veracidade dos urubus mortos depois de comerem os restos humanos dos cangaceiros ali ceifados. O que se precisa saber, e hoje é inteiramente impossível, é a causa daquelas mortes. Foi veneno? Se foi veneno os corpos estavam envenenados?"

Ver mais detalhes sobre os urubus mortos na página 217.

E o ex-soldado continuou:

A partir daquele momento eu tive a certeza que os urubus comeram as tripas dos cangaceiros mortos e morreram envenenados também.

31 DE JULHO DE 1938, DOMINGO.

O capitão tomou a palavra. Parece que tudo tinha sido ensaiado por eles.

Na Caverna do Chico no Raso da Catarina

Esperei todo o domingo que a minha tropa aparecesse e ninguém apareceu. Eu sabia que alguém tinha escapado e vinha prá o Raso, como combinado.

Galeão

10:00h em Piranhas

No domingo fique de bar em bar escutando as conversas dos soldados. Fui no bar de Idelmiro no de Antonio Lopes. Depois fui na bodega de Fabiano e num encontrei ninguém, então me lembrei que na casa de Oseas tinha jogo e os soldados sempre estavam por lá.

Quando cheguei, vi logo de primeira Antoe Jacó jogando cartas e tomando cana mais Zé Panta e Honorato. Esperei que eles terminassem uma partida e cheguei perto de Zé Panta e falei sobre o comentário do veneno, ele me puxou para um canto e disse:

— O tenente João Bezerra disse que só ele tem autorização pra tratar deste assunto e não quer a gente nem falando com ninguém, senão vai preso. Só ele é quem fala. Esqueça o assunto, senão tu num vai ser promovido.

A gente, naquela época, obedecia muito os oficiais e quando se perguntava a qualquer um de nós sobre o ocorrido, a resposta era sempre a mesma: quem sabe é o tenente, pergunte ao tenente. Era um silêncio só. O assunto morreu.

Pela primeira Vez o ex-cangaceiro Diferente falava desde que iniciamos o nosso trabalho.[65]

10:00h em Cangaleixo

Cangalexo era um coito que, depois da morte de Mariano e Pai Veio, ninguém queria mais ir para lá, mas quando a gente fugiu, eu

---

[65] O cangaceiro Diferente, como vários outros, que depois de dias apareciam e logo tinham que arranjar outro nome para substituir, foi dado como morto em Angico. Veja o que diz Alcino Alves costa, escritor e pesquisador Sergipano, no seu livro *Lampião Além da Versão mentiras e mistérios de Angicos*, sobre a relação dos mortos em Angico:

> "Até a relação dos que morreram em Angico jamais saiu correta. Tudo é mentira, tudo é mistério."

Ver mais detalhes na página 218

encontrei Zé Sereno e o bando dele e ele me disse que tava ino lá pra cangalexo, então eu perguntei:

— Zé, o capitão num disse pra gente ir pra Caverna do Chico? Por que tu tá ino pra Cangalexo?

— Diferente, cumpade Lampião morreu. Num escutô o que tão dizeno por aí? — disse Zé Sereno, muito triste.

— Zé, eu acho que mermo se ele tive morrido a gente deve de obedecê as orde do capitão e ir pra Caverna do Chico.

— Diferente, a Caverna do Chico é no Raso e a gente tá quase sem nada. Deixamo tudo naquela bixiga de grota. Num temo comida pra ir praquelas banda não. Vamo é pra cangalexo. Lá a gente tá seguro, pelo menos pra decidir o que vamo fazê.

— Apôs Zé, eu vou pra Caverna do Chico, num vou descumprí as orde do capitão.

— Diferente, bota na tua cabeça que o cumpade morreu home, eu mesmo vi ele morto.

Num sei por que Zé inventô aquela historia, que depois contô pra todo mundo, que tinha visto Lampião morto. De onde ele tava, num dava nem pra vê a torda do capitão e debaxo daquele tiroteio ninguém num tinha conseguido vê nada.

— Apôis, eu vô sozinho. — eu disse aquilo e peguei minhas coisa e meu fuzil e parti sozinho para onde o capitão ordenô.

Fui até um povoado perto de Porto de Folha e roubei um cavalo, com ele eu chegava mais ligeiro.

01 DE AGOSTO DE 1938, SEGUNDA-FEIRA.

O ex-soldado Galeão

09:00h em Piranhas

Todos na cidade só falavam na morte de Lampião. Sobre o envenenamento. Sobre a traição. E o que é mais me interessou foi a conversa sobre quem tinha entregado Lampião. Todos falavam que tinha sido Pêdo de Cândido.

Como todo mundo tinha quase certeza que Lampião tinha morrido, muitos agora estavam corajosos, principalmente Pêdo de Candido que não confirmava nem desmentia que tinha traído o amigo cangacero. Eu não precisei nem procurar Pêdo para conversar, porque depois do ataque a Angico, ele ficava o tempo todo junto da volante, porque os boatos estavam demais e mesmo ele não sendo o traidor, a vida dele corria perigo. Cheguei perto de Pêdo e disse:

— Pêdo eu posso falar com você?

— Claro cabo. — ele não sabia meu nome e eu já estava com as divisas de cabo.

— Por que você num diz, que num foi você que entregou os cangaceros? Essa conversa toda é muito perigosa pra você home. Tem muito cangacêro solto por ai.

— O tenente João Bezerra disse que vai me botar na polícia e assim eu num preciso ter medo de cangacero — Pêdo disse aquilo com o maior orgulho.

— E sobre o negócio do veneno, o que é que você sabe?

— Veneno? Eu sei lá de veneno — dessa vez ele tava falando a verdade.

Ele saiu e depois de alguns dias chegaram à cidade umas autoridades e deram a patente de sargento a Pêdo de Cândido e depois daquele dia ele assumiu que foi o entregador dos cangacêros. Mas ele ia pagar caro por aquilo.[66]

O capitão

12:00h na Caverna do Chico no Raso da Catarina

Eu já tava pra ir embora. Eu pensava que todos tinham morrido lá em Angico, porque ate aquele dia ninguém tinha chegado no local combinado. Quando eu já tava desanimado, Diferente chegou.

— Capitão! tá todo mundo dizeno que o senhor morreu! — diferente falô como se tivesse veno um fantasma.

— E tu num sabe, que tá pra nascê um cristão pra matá o capitão Virgulino.

Eu disse aquilo, mas eu tava acabado, Santinha tinha morrido, e só Deus sabia o que aqueles miserávei tinham feito com minha Santinha, mas nem perguntei, nem queria sabê de nada.

— Capitão, chamei Zé Sereno pra vim pra cá, mas ele disse que o senhô tava morto e que era muito distante pra ariscá...

---

[66] Em 1941 Pedro de Cândido foi assassinado por um rapaz, que disse que matou Pedro porque pensava que fosse um bicho. Uma morte muito estranha e muito pouco tempo depois.

— E onde é que eles tão acoitado? — perguntei

— Estão lá no Cangalexo.

— Aquele Zé Sereno tá ficano sabido mesmo, ali ninguém descobre eles.

A gente ficô conversano e eu fiz café e dei alguma coisa pra ele comê, porque eu vi que ele tava morreno de fome.

Os dois dias que eu passei sozinho foi bom para eu colocá a cabeça no lugá. Agora eu só tinha dois caminho: um, era levá a vingança a todo o sertão, matano ate a tercera geração dos que fizeram aquilo com a gente; outro, era seguí a promessa que eu tinha feita a Nossa Senhora da Conceição e me afastá do cangaço. Fiquei com o segundo caminho. Tinha outra coisa: meu Padin Pade Cico me tirô daquele lugá milagrosamente eu num podia ir contra a vontade dele, afiná, a partir daquele dia a minha vida tava nas mão dele.

Diferente chegou pra min e perguntou:

— O que nós vai fazê agora Capitão?

— Vamos procurá o governadô do Estado que eu quero tê uma conversa com ele.

Ainda me lembro como hoje, Diferente ficô olhano pra min como se não acreditasse no que tinha escutado. Ele pensava que eu ia tentá matá o governadô. O pobre num sabia que o governadô era meu amigo, então disse aperriado:

— Capitão, esse negócio de mexê com governadô num dá certo...

— Fique tranquilo home, que num é o que tu ta pensano não. E vamos simbora, que eu num tenho tempo a perdê não. Se Zé tá lá no Cangalexo, a gente pega ele e vamos junto pra fazenda Jaramataia, quem sabe o governadô resolve ajudá todo mundo, mas antes vamos ali primeiro.

Eu tinha passado mais de vinte anos no cangaço e tinha interrado umas butija[67] com muito ouro e dinheiro. Ali mesmo, na Caverna do Chico, eu tinha duas enterradas. Fomos para o lado direito do lajedo do Pancaré, e eu disse:

— Me ajude a cavá aqui.[68]

Cavamos até mais ou menos meio metro de fundura e encontramos uma fôrma[69] tampada na boca com barro. A gente cavô ao redó porque a bixa tava pesada e deu trabalho danado pra arrancá do chão. Quando tiramos, eu peguei uma pedra e quebrei a fôrma. Assim que eu quebrei olhei pra cara de Diferente e os olhos do danado tava brilhano que só as estrelas.

Na butija tinha: trinta contos de reis em dinheiro, setenta e cinco aliança de ouro, treze anéis de brilhante e num me lembro quantas corrente de ouro, só sei que dava pra enchê as duas mão de uma pessoa.

É muito inocente quem pensô, que depois de mais de vinte anos de cangaço, eu fosse andá com toda minha riqueza naqueles dois borná, que

---

[67] Segundo o *Dicionário Popular Paraibano* de Horácio de Almeida, botija é dinheiro enterrado, tesouro oculto.

[68] Provavelmente o capitão queria dizer Pankararé, tribo indígena que habitava aquela região e que não tiveram muitos problemas com a presença dos cangaceiros.

[69] Segundo o *Dicionário Popular Paraibano* de Horácio de Almeida, Fôrma é uma talha ou jarra de barro utilizada para guardar água.

os macaco encontraram com Zé Latão. Ainda hoje, no raso da Catarina tem uma botija, que eu nem me lembro mas onde enterrei, porque já faz muito tempo, as duas maiores eram aquelas da Caverna do Chico.

Eu ainda levei Diferente para o Riacho dos Soares lá tinha o que eu chamava de Torda Misteriosa, era o lugá que tinha arma e bala escondida e também uma outra butija pequena.

Depois de acomodá as coisas como deu, pegamos o destino da fazenda Jaramataia de Antôi Caxero, pai do Governadô de Sergipe.

02 DE AGOSTO DE 1938, TERÇA-FEIRA.

Galeão.

07:00h em Piranhas

Depois do café o tenente João Bezerra mandou reunir a volante, porque tinha uma missão.

Alguns dias antes, um chamado daqueles, a gente pensava que fosse Lampião nas proximidade e ía bem devagar, meio sem vontade, mas agora, a gente ía ligeiro, porque sabia que só podia ser pra tirar fotografia ou ser elogiado pelas autoridades.

Quando a gente tava em forma na frente da estação do trem, uma coisa engraçada aconteceu: o aspirante, depois de contar e conferir a volante, viu que estava faltando Antoe Jacó e quando a gente deu fé, ele vinha de braços dados com Sulina, a namorada do sargento Aniceto. Sorte que o sargento tava em Pedras, senão tinha sido uma briga daquelas. A tropa num aguentou e caiu na risada. Sulina era muito bonita.

Ela e Duda só ficava com os comandantes, mas agora Antoe Jacó tava rico e Sulina num ía perder um partido daquele.

Quando o tenente chegou tava parecendo um general. De uma hora pra outra, o tenente João Bezerra passou de um oficial sem moral, pra ser o tenente que matou Lampião. Aquilo ele tava gostando demais e mentindo mais do que já mentia antes. Tava todo arrumado que ele tava indo pra Maceió, que ía ser promovido a capitão. Chegou perto da tropa de disse:

— Eu preciso de dois voluntários pra ir com Pêdo de Cândido pra Belo Monte e de lá ir ate Angico, fazer o reconhecimento dos corpos com uma equipe de Aracaju.

Ninguém queria voltar lá em Angico. Imagina só, seis dias depois de mortos, e sem serem enterrados, os corpos deveriam está muito feio. Eu fui no sábado, e quase não agüentei a catinga.

O tenente esperava e ninguém se oferecia, aí a peste da curiosidade me bateu de novo e eu levantei a mão, então o tenente disse:

— Temos o primeiro, só falta mais um.

Sim, eu ia me esquecendo, todos escutaram que a escolta era com a polícia de Sergipe, e a gente não gostava deles não.

Apôs acredite que só apareceu eu como voluntário.

O tenente João Bezerra me disse o que eu tinha que fazer e eu fiz, fui até a casa de Pêdo cândido e ele tava contando prá um bocado de gente como tinha sido o ataque. Fiquei pesando como ele num devia tá mentindo. Cheguei perto dele e disse:

— Pêdo você tem que me acompanhar até Belo Monte. A gente vai pru Angico, com o pessoal que vem de Aracaju, pra fazer o reconhecimento dos corpos dos cangaceros.

Quando escutou o que eu disse, ele me puxou pra um canto e perguntou:

— Lá em Angico soldado! Num é perigoso não?

— Vem uma força de Sergipe com eles. — respondi.

— E é que dia, que a gente vai?

— A gente já tá atrasado home. Pegue suas coisas.

12:00h em Belo Monte.

Descemos o rio São Francisco. Já fazia mais ou menos uma hora que a gente tinha chegado e nada do pessoal de Aracaju, aí eu disse:

— Pêdo, vamos almoçar prá quando a gente chegar em Angico, ter pelo menos alguma coisa no bucho pra poder vomitar, senão a gente vomita é as tripa.

Pêdo ficou olhando pra min sem nem piscar. Acho que só depois que eu falei aquilo, foi que ele começou a imaginar como é que deveriam está os corpos depois de tanto tempo sem serem enterrados. Tenho certeza que até aquele momento, ele só tava pensando na fama e nas mentiras que ia contar as autoridades.

Quando a gente tava na metade do almoço, eu vi chegar dois carros e um caminhão. Desceu dos carros uns cabra de gravata e do caminhão desceu um Capitão da Polícia Militar de Sergipe, de imediato eu fui me apresentar ao oficial, ele muito educado disse:

— Bom dia cabo eu sou o Capitão João Lins, onde estão os oficiais?

— Só veio eu seu capitão, eu vim escoltando o civil Pêdo de Cândido, que vai ajudar no reconhecimento dos corpos.

Enquanto eu conversava com ele, um sargento organizava a tropa. Depois quando o sargento foi apresenta a tropa ao capitão, eu contei quantos tinha: era um sargento, três cabos e oito soldados.

As autoridades ficaram conversando com Pêdo. Vocês pensam que os companheiros da polícia de Sergipe vieram conversar comigo? Vieram nada. Eles tavam com a maior inveja, porque foi a gente que atacou os cangaceros nas terras deles. Num me deram nem cartaz. Eu também num tava nem aí. Eu queria era ver o reconhecimento dos corpos.

Partimos para Pão de Açúcar com os carros. Se eu não pulasse em cima do caminhão, eles não tinha nem me chamado, mas eu era ruiento e dei um pulo em cima do caminhão. O sargento deles ficou olhando meio estranho pra mim, mas num podia fazer nada além da cara feia, porque eu era quem estava acompanhando o civil e tinha o direito de ir na comitiva.

Em Pão de Açúcar, pegamos um barco. Subimos o rio São Francisco de volta e fomos para a entrada da forquilha

15:00h em Angico

Quando chegamos na entrada do Riacho da Forquilha atracamos as canoas, tudo por orientação de Pêdo de Cândido.

Fizemos o mesmo percurso que todos faziam: Riacho da Forquilha, subida das Perdidas e decida das Perdidas ate o riacho do Angicos. Aquele caminho eu já conhecia até demais.

Quando nós chegamos, eu fiquei em estado de choque...

Acho que o capitão já sabia o teor da história que o ex-soldado galeão ia contar, por este motivo ele, sem dizer um apalavra, levantou-se e foi para outra sala, e o Galeão continuou:

Como eu ía dizendo, o que eu vi estava além do que eu esperava: os corpos, depois de seis dias levando sol e chuva e entregues aos urubus, estavam irreconhecíveis; os braços não tinham mais as carnes só os ossos; o inchaço era tão grande que as roupas estavam rasgando e a catinga de podre era insuportável.

Eu não sei como Pêdo de Candido conseguia, mas chegava perto daqueles montes de carnes sem forma e com a maior segurança do mundo ia dizendo: este aqui é Lampião! aquela é dona Maria! Aquele ou outro Luis! Etc.

Quem não soubesse o que tinha acontecido ali e visse aquilo pela primeira vez, e se os corpos não estivesse com uns pedaços de roupas, não dava pra dizer que eram humanos que estavam ali.

Os homens se dedicaram a examinar o corpo que Pêdo apontou como o de Lampião. Eles começaram a rasgar as perneiras com uma tesoura bem grande e eu me aproximei pra ver. Ao rasgar a perneira da perna direita não encontraram nada, mas na perna esquerda dava pra ver, mesmo com o inchaço, uma cicatriz no calcanhar.[70] Eu sabia que Lampião mancava da perna direita, porque já tinha visto vários rastejadores mostrar, nas pegadas, o jeito de andar que o capitão tem. Na hora eu não disse nada, mas aquilo me convenceu que aquele cadáver não era do Capitão Virgulino.

Como se dando por satisfeitos, com a cicatriz no calcanhar, eles mandaram os soldados cavar uma cova e enterraram os corpos do suposto Lampião, o de Maria Bonita e o de Luis Pêdo, todos na mesma cova, e fomos para Piranhas, porque eles queriam examinar as cabeças dos cangaceiros.

17:00h em Angico

Quando a gente chegou tinha um tumulto muito grande na cidade, era um corre-corre da mulesta pras bandas do rio São Francisco. Corri pra ver o que era e quando eu cheguei lá, num acreditei. Era João Crispim um morador da fazenda Patos que tinha chegado com uma encomenda de Curisco. Na noite anterior, Curisco foi até a fazenda Patos e matou quase toda a família de Domingos dos Patos, o mesmo que tinha arranjado as canoas pra o capitão atravessar pro Sergipe. Curisco cortou as cabeças de seis pessoas, quatro homens e duas mulheres, botou dentro de um saco e mandou João Crispim entregar ao tenente João Bezerra. Só que o tenente não tinha voltado ainda de Maceió. Era um chororô danado

---

[70] Descobri que os historiadores não chegaram a um consenso sobre esta simples pergunta: qual era realmente a perna que Lampião tinha um ferimento? (Ver detalhes na página 219)

porque as pessoas que Curisco matou eram todas conhecidas e amigas do povo de Piranhas. Foram chamar o prefeito e ele decidiu que as cabeças deveriam ser levadas de volta à casa do morador e providenciar o enterro.

Como todo mundo tava com medo de ir na fazenda, uma guarnição da volante foi organizada. Eu já ia fugindo porque eu tinha trabalhado muito naquele dia, mas quando eu tava saindo bem devagar o tenente Chico Ferreira me viu e gritou:

— Galeão, você vai comigo.

Ai num tinha outro jeito. Era uma guarnição de cinco militares, comandada por Chico Ferreira, pegamos uma chata e partimos rio abaixo, desembarcamos no Cinimbu e fomos a pé o resto do caminho, andamos mais ou menos umas meias léguas e chegamos na fazenda, não paramos nem na casa grande, fomos direto pra casa de Domingos. Quando chegamos lá eu tive um susto: era sangue pra todo lado; corpos sem as cabeças juntos com bichos mortos também. Os corpos formavam um círculo não muito bem feito, mas era um circulo e no meio do círculo o chão tava muito pisado, indicando que tinha sido feito ali uma festa, o chão tava todo alisadinho mostrando que tinha sido dançado um forró a noite toda. Tinha muita garrafa de cana espalhada. Pegamos os corpos e levamos pra dentro da casa, e com ajuda de João Crispim colocamos cada cabeça perto do seu corpo para que depois fossem feitos o velório e o enterro. Quando o que restou da família chegou, nós voltamos para Piranhas.

03 DE AGOSTO DE 1938, QUARTA-FEIRA.

07:00h em Piranhas

Quando foi de manhã, as autoridades foram para a prefeitura pra ver as cabeças. Eu num tava escalado para aquela missão. Eu só tinha responsabilidade no dia anterior quando acompanhei Pêdo da Cândido no reconhecimento dos corpos. Quem ficou à frente agora foi o próprio tenente João Bezerra, mas mesmo assim, eu acordei cedo e fiquei esperando na frente da prefeitura, não queria perder nem um detalhe.

Perguntei ao tenente como era o nome dos homens que eu tinha acompanhado do dia anterior, porque ninguém tinha me dito, e ele me respondeu que se tratava do delegado de Aracaju, o doutor Joel Macieira Aguiar, um médico de defunto o doutor Carlos Meneses, o outro era um escrivão Pêdo Lima e tinha um que veio só pra reconhecer os corpos um tal de Joaquim Góis, que reconhecimento que é bom, num fez nada, aceitou as mentiras de Pêdo de Cândido que num tava nem na hora das mortes.

Com toda autoridade do mundo, mandaram que o prefeito trouxesse as cabeças. Quando as cabeças foram retiradas das latas de querosene eu notei que elas estavam em piores condições do que quando foram guardadas, Elas estavam ficando com uma cor escura. Tenho certeza que o querosene queimou as carnes das cabeças.

Diferente

08:00h na fazenda Jaramataia

A fazenda Jaramataia era do coroné Antoe Caxero. O capitão mandou eu ir avisá ao coroné que ele precisava tê uma conversa muito reservada com ele.

O coroné num gostava que cangacêro fosse até a casa grande, porque dava muito na cara que ele era coitero, mas num tinha remédio o capitão tinha mandado e eu cumpri as orde.

Quando o vaquero me viu, mesmo sem as roupa de cangacero, veio ao meu encontro e disse

— Você sabe que o coroné num qué cangacero aqui na fazenda

— Eu trago um recado pra o coroné.

— O coroné num tá — o vaqueiro disse, mas eu num acreditei.

— Eu trago um recado do capitão pra o coroné.

Não sei se o vaqueiro entendeu que se tratava-se do capitão Lampião, mas ele me olhou com uma cara. Acho que foi porque tinha uma conversa por todos os canto, que o capitão num tava morto, então ele disse:

— Venha comigo.

Ele me deixô na sala da casa grande. Eu nunca tinha entrado em uma casa tão bonita como aquela, ela era alta e tinha várias cadeira que me deu medo de sentá pra num estragá.

Num demorô muito, chegô o coroné. Ele era um homem forte, tava vestindo um palitó branco e umas bota muito bem engraxada. Ele chegô perto de min e disse:

— Sente-se meu rapaz.

Ai foi o jeito sentá nas cadeira bonita do home. E ele perguntô.

— Em que posso ajudá-lo?

Eu olhei para o vaqueiro que me trousse, ele tava ao lado do coroné, de segurança. O coroné pediu pra o vaqueiro nos deixa a gente sozinho e eu falei:

— Coroné, eu trago uma mensage do capitão Virgilino.

O coroné não mexeu um só músculo da cara e disse sem muita certeza:

— O capitão Virgulino tá morto.

— Num ta não senhô, ele ta vivo e qué falá com o senhô.

O coroné se levantô, e eu fiz o mesmo.

— Meu rapaz, eu não lhe conheço, como é que eu vou acreditá nessa história...

— Eu sou cangacêro do bando do capitão, meu nome é Diferente, a gente escapou do ataque que os macacos fez lá no Angico. O capitão tá a uma légua daqui e qué vê o senhô com urgênça.

 O coroné andô um pouco de um lado pro outro e parou na minha frente, com um olhá sem demontrá nenhum sentimento disse:

— Meu amigo, eu tenho certeza que você num tá doido, de vir ate minha casa e inventá uma mentira desta. Diga a ele que eu vou ao encontro.

— Coroné, o capitão disse que eu é que tenho que levá o senhô.

— Muito bem, vamos — disse por fim o Coroné

Quando foi mais ou menos dez hora, eu e o coroné chegamo onde tava o capitão

10:00h

Quando chegamo num encontramo ninguém. Eu olhei pro coroné, ele tava com uma cara feia danada, ele pensava que eu tinha mentido. Quando eu já ia explicá, escutamo um barulho atrás da gente e quando o coroné se virô, teve um susto. O capitão tava montado no cavalo. Ate hoje eu num sei como ele chegô tão perto sem que eu e o coroné escutasse alguma coisa. O capitão sempre fez isso, chega ou sai sem que ninguém note.

Galeão levantou-se e foi chamar o capitão que ainda não tinha voltado e eu aproveitei pra esticar as costas e estralar um pouco os dedos.

O Capitão

— Num tem nada de segredo, as pessoas é que ficam abestalhada e não prestam atenção nas coisas que acontece ao seu redó. — *O capitão disse aquilo com uma ponta de sorriso no rosto*

— Mas vamos deixá isso pra lá, e vamos ao que interessa:

Eu me afastai com o coroné para coversá. Não tive arrudeio, fui direto ao assunto:

— Coroné eu quero falá com o governadô.

— O meu filho está no Rio de Janeiro.

— Então, quem vai me ajudá vai sê o senhô.

— Como posso ajudá-lo capitão?

— Eu preciso me escondê por uns tempos e gostaria de comprá uma de suas fazenda.

O coroné andou pra lá e pra cá, era uma mania dele quando tava pensano e depois deu uma risada e bateno em meu ombro disse:

— Já sei capitão! Eu acabei de comprá uma fazenda próximo de Queimadas e posso deixá que o senhô fique lá, até que a poeira baixe um pouco...

— Queimadas, na Bahia! Num é muito perigoso não? Luis Baiano andou aprontano por lá...

— Com essas roupas que o senhô tá capitão e sem o chapéu de couro, ninguém lhe conhece não home.

— O senhô sabe que eu num gosto de arriscá...

— A fazenda é muito boa capitão. Tenho certeza que o senhor vai gostá...

— Então quanto custa a fazenda? — perguntei.

— Num precisa comprá não home, pode ficá lá o tempo que quisé...

— Seu coroné, quanto custa a fazenda?

— Já que o senhô insiste. Eu conprei por cinco conto de rés...

— Apois eu compro pelo mesmo preço. Aqui o dinheiro. — finalizei.

Dali eu e Diferente partimos para Queimadas. A fazenda era grande. Fiquei em Queimadas por vários anos e tive ate um namoro com uma moça de lá, onde tive um filho e num é que o danado é a minha cara.

Eu e Diferente dividimos a fazenda em duas e passamos a ser vizinhos. A gente passou a negociar com gado. A gente comprava gado em Minas Gerais e negociava no sertão.

FINAL

Mesmo cuidano de outras atividades eu continuava a tê sonhos e pressentimentos e os dois que eu vou contá agora, são os mais importantes. O primeiro foi no dia:

20 DE JULHO DE 1944, QUINTA-FEIRA

Eu vivia sossegado lá em Queimadas na Bahia e exatamente seis anos depois de Angico, quando estava dormino, Antôe Silvino me apareceu em sonho e disse que queria falá comigo urgente[71].

Depois que Antôe Silvino tinha saído da prisão eu nunca mais tive noticia dele. Sabia que ele tava no nordeste, mas não sabia aonde. Depois de pergunta um pouco, descobri que ele tava morando aqui em Campina Grande na Paraíba.

Chamei Diferente e viajamos ate aqui pra visitar Antôe. Aqui fiquei sabendo que ele tava morano na casa de uma prima. Quando a gente chegou na casa dela, eu fiquei besta com o que vi: Antôe Silvino, o rifle de ouro, um dos homens mais valentes que o nordeste já viu, estava daquele jeito, muito doente, desempregado a muito tempo e o que ele me contou aumentou ainda mais a minha determinação de ficá no anonimato. Antôe contou que todas as portas se fechavam para ele quando descobriam que ele tinha sido cangaceiro. Comigo não! Eu tenho dinheiro. E quem tem dinheiro tem prestígio, todo mundo me trata com

---

[71] Antônio Silvino cujo nome era Manoel Batista de Morais era cangaceiro antigo do tempo em que Lampião estava entrado pra vida de cangaceiro. Lampião o admirava muito. Após cumpriu vinte e três anos de prisão em Recife ele foi morar em Campina Grande na Paraíba aonde veio a falecer e se enterrar.

uma babada que dá nojo. Agora se eu contasse que era Lampião, não sei como me tratariam. Eu num tô falano do povo não, eu tô falano e das merda das autoridade. O povo, pelo o que eu escuto, respeita Lampião mais que respeita os homens do podê. Eles poderiam ficar com medo de min e poderiam ate atrapalhá meus negocio, e eu acabaria com Antôe, sem conseguí nem trabalhá.

Depois de me contá como foi sua vida fora da cadeia, ele disse que tava morrendo, então eu perguntei:

— O senhô conheceu Lampião?

Ele, antes de responde, me olhou fixo bem dentro dos menus olhos como se já sabendo quem eu era, e disse:

— Não! Porque só depois que eu fui preso foi que Lampião entrou pro cangaço, mais admiro muito o capitão Lampião.

Então eu me identifiquei. Ele mesmo deitado apertou a minha mão e disse:

— É um milagre do meu Padin Ciço. Eu pedi na semana passada a ele pra não me deixá morrê sem comhecê o senhô capitão. Eu sabia que o senhô num era home de morrê em embosca.

Soltando a minha mão e olhando para as telhas da casa, completou:

— Obrigado meu Padin! Muito obrigado.

Nos ficamos ainda algumas horas conversando com ele sobre o cangaço e sobre várias coisas. Ela estava bem humorado e satisfeito, apesar das crises de tosse e da dificuldade de respirá.

Deixamos a casa da irmã de Antôe Silvino as 15:00h.

No outro dia, antes de viajar de volta, fomos até a casa dela pra se despedí. Quando agente chegou lá a casa estava cheia de gente. Tinha um caixão de defunto no meio da sala. Fomos passano devagá no meio dos curiosos e quando olhamos dentro do caixão, vimos que era o corpo de Antôe. Eu olhei para Diferente e ele tava de boca aberta, não acreditava no que tava veno. Como podia? No outro dia o home tava conversano com a gente. E agora tava estirado num caixão.

A gente foi ao enterro e vimos que poucas pessoas foram se despedir de Antôe. Ao sair do cemitério e passar por uma banca de revista, eu li na primeira página de num jornal local: Morre Antôe Silvino, um dos maiores cangaceiros do Nordeste

Ficamos em Campina Grande mais dois dias e vi que a cidade era muito boa para o comércio, principalmente do algodão e me veio na idéia de me mudá pra cá, mas resolvi voltá pra Queimadas, na Bahia.

Nos anos setenta, eu vim morar aqui em Campina Grande. Diferente veio nos anos oitenta, e aqui, na Serra da Borborema, continuamos a nossa amizade.

O segundo, foi no dia:

20 DE JULHO DE 1994, QUARTA-FEIRA

Por está morando aqui em Campina Grande e tê se passando tanto tempo, eu pensava que não teria mais as mensagens através de sonhos, mas na madrugada da quarta feira passada, enquanto dormia, eu tive uma visão da frente da igreja onde o seu grupo de xaxado tava se apresentano. O sonho era simples: uma igreja e na frente dela, eu com meu bando de cangacêros. Não tinha ninguém falano nem nada. Eu acordava e quando conseguia dormi de novo la vinha a imagem da igreja e eu na frente dela.

Quando amanheceu, pedi ao meu motorista que me levasse a tal igreja. Eu não sabia onde ficava, mas quando eu descrevi o lugá, ele disse que conhecia uma igreja que tinha as características que eu tinha dito e a gente foi lá.

Quando a gente chegou na frente da igreja era umas nove horas da manhã e eu fiquei um pouco decepcionado, pois não tinha nada, além de algumas barracas mondadas. Perguntei aos vizinhos pra que era aquelas barracas e me disseram que era uma quermesse que estava aconteceno todas as noites. Então voltei pra casa.

À noite chamei Diferente e Francisco e a gente foi vê a tal quermesse. Foi quando eu vi o senhô vestido de cangaceiro e dançando o xaxado, Eu perguntei a um rapaz que tava atendeno a gente quem era aquele grupo, e ele disse que era o Balé Populá e o senhor era tenente da polícia. Ai eu entendi o sonho: eu sempre pensei que um políça seria a pessoa ideal pra contá minha historia, só que eu não confiava em ninguém. Não era porque o senhô tava vestido de cangacero que eu ia confia, mas eu tinha que seguir o sonho, então chamei o senhor pra essa nossa conversa. Espero que o senhô tenha gostado.

— Claro que gostei, seu capitão.

Encerramos os trabalhos às 18:00h do domingo, dia vinte e três. Para min eu não tinha visto passar o tempo.

Após o Oficio de Nossa Senhora, jantamos e os senhores me levaram de carro até o quartel do 2º Batalhão da Policia Militar. Quando chegamos na frente, o sentinela pediu identificação, mas ao me ver dentro do carro, levantou a cancela e o carro entrou. Quando estávamos dentro do quartel, Lampião desceu do carro e olhando ao redor, admirando com a estrutura do quartel disse, com aquele sorriso pelo canto da boca:

— Quem diria tenente, que o capitão Virgulino Ferreira estaria dentro de um batalhão de polícia.

— O senhor pode vir outras vezes quiser, é só dizer que vem falar comigo que não tem problema algum. — falei.

— Não tenente! Acho que este final de semana foi de muita recordação e muita polícia pra meu gosto.

Ele apertou a minha mão se despedindo, então perguntei:

— Quando é que eu vou ver o senhor novamente?

— A sua missão não terminou ainda não tenente. Eu quero utilizar o seu conhecimento como Mestre Maçom para trabalhar na Irmandade, só que eu é que procuro o senhor — Preciso pedir ao senhor reserva absoluta de onde eu moro?

— Claro que não seu capitão

Muito obrigado pela paciência com m velho abusado e malincarado como eu.

Apertou a minha mão mais uma vez, entrou no carro e foi embora.

Às 20:00h cheguei em casa e não consegui dormi direito.

No dia seguinte, no quartel, os companheiros acharam que eu estava muito estranho, meio desligado.

Eu pensava que depois daquele dia não iria ver o capitão novamente. Estava enganado! No ano seguinte eu tive um segundo encontro com o capitão, para tratar da Irmandade do Ofício, mas isto é uma outra história.

Três anos depois,

20 DE JULHO DE 1997, DOMINGO

Campina Grande

Mesmo o dia estando tranquilo, eu tinha a impressão que ia acontecer alguma coisa importante. Durante os dois últimos anos, o capitão sempre ligava pra min no dia vinte de julho e ás quatro horas da tarde o telefone tocou, corri pra atender, era a voz do senhor Francisco Motta, ele disse:

— Tenente, estou ligando para avisar que o capitão acabou de falecer. — disse e ficou um pouco em silêncio

Eu estava paralisado. Após alguns segundos, rompi o silêncio:

— O senhor esta precisando de alguma coisa seu Francisco?

— Não tenente, nós já providenciamos tudo.

— De onde vai sair o enterro? — perguntei.

— O capitão disse que queria ser velado na casa dele. O enterro será amanhã às dez horas. O senhor vem?

— Claro que vou seu Francisco!

— Então até amanhã! — ele disse e desligou o telefone como se fosse realmente a única coisa correta a ser feita.

21 DE JULHO DE 1997, SEGUNDA-FEIRA

Campina Grande

Vesti minha farda de Bombeiro e fui para o sítio do capitão. Quando cheguei tomei um susto com a quantidade de autoridades da cidade de Campina Grande que estava no velório. Levei um bom tempo pra chegar perto do caixão só cumprimentando vários amigos. Enquanto cumprimentava, me perguntava: será que eles sabiam que aquele que estava sendo velado era Lampião?

Ao lado do caixão estavam o senhor Francisco e o ex-cangaceiro Diferente. Em silêncio, apertei a mão dos dois e ao me aproximar do caixão. Veio-me uma vontade incontrolável de rezar a oração de Pedra Cristalina e, com um movimento automático, rezei e fui acompanhado por Francisco e Diferente.

Às dez horas em ponto, chegou na porta do sítio um caminhão do Corpo de Bombeiros com uma guarnição de dez soldados para fazer o transporte do caixão ate o cemitério. Francisco olhou para mim porque não esperava a presença dos Bombeiros. Eu simplesmente fiz um sinal de positivo com o dedo polegar. Ela veio até perto de mim e disse com os olhos cheios de lágrimas:

— Tenente, esta é uma grande honra, e eu tenho certeza que... O capitão...

— Não diga nada, era o mínimo que eu podia fazer.

O caixão do capitão foi colocado em cima do caminhão. Eu fiz todo trajeto, ao lado do caixão. Determinei ainda que o motorista fosse com a sirene ligada até o cemitério. Nós, os bombeiros, carregamos o caixão até a porta do cemitério e entregamos ao amigos para que eles conduzissem ate o local onde iria ser enterrado.

O mais interessante foi que, durante o percurso, várias autoridades de cidade pegaram na alça do caixão: um juiz de direito, o representante a OAB e até o vice-prefeito; todos, solenemente, conduzindo o corpo do cangaceiro Lampião para o seu repouso. Que ironia!

Eu pensava que as surpresas tinham acabado, mas eu estava errado. O capitão quis ser enterrado em uma cova simples e exatamente ao lado da cova de Antonio Silvino. Olhei automaticamente para Francisco, e ele, com um pequeno sorriso, me disse:

— O capitão foi o homem mais caprichoso que eu já conheci.

A minha homenagem ainda não tinha terminado. No cortejo militar, eu tinha levado o corneteiro do quartel e ordenei ao corneteiro, soldado Clemilton, que executasse o toque de silêncio, uma honra prestada aos militares. Muitos que estavam ali se entreolharam sem entender. Também não dei tempo que me perguntassem, sai assim que o caixão foi baixado, ordenei que o caminhão retornasse ao quartel. Aquela foi a última homenagem prestada ao Capitão Virgulino Ferreira da Silva, o grande nordestino, apelidado de LAMPIÃO.

FIM

NOTAS

1

Registro Civil de Virgulino Ferreira da Silva com data de nascimento de 07.07.1897, durante muito tempo motivo de controvérsias.

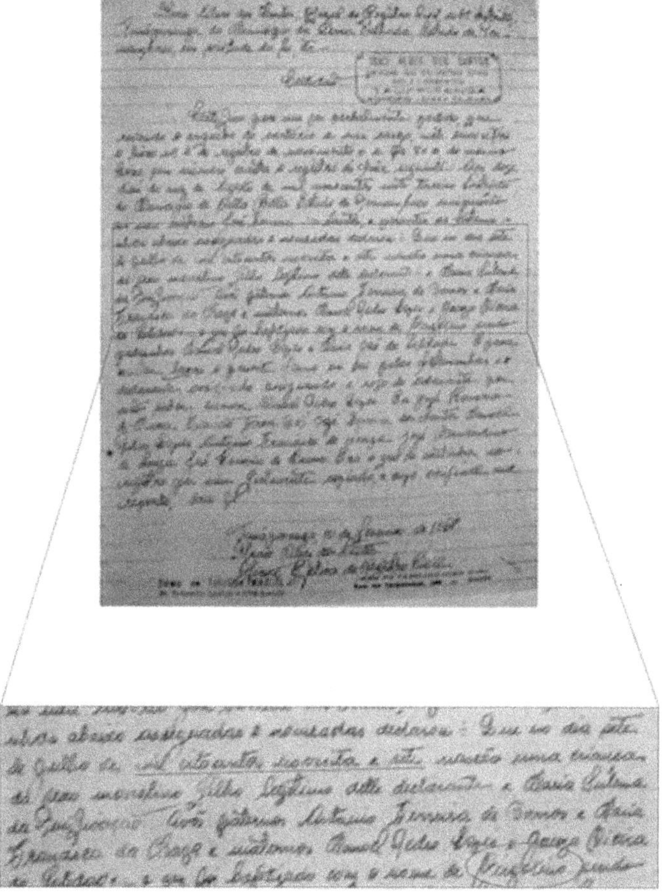

No batistério consta a data de nascimento de Lampião em 04.06.1898. Através de inúmeras análises, constatou-se ser esta a verdadeira.

Certidão

Diocese de Floresta

PERNAMBUCO

PARÓQUIA: de Bom Jesus dos Aflitos — de Floresta

CERTIFICO que revendo os têrmos de Batizados realizados nesta paróquia foi encontrado o do teor seguinte ao livro 1º fls. 145 v. n. 454 do Ano de 1898.

OBSERVAÇÕES:

Aos doze de setembro de mil oitocentos e noventa e oito, na capella de São Francisco, batizei solenemente a Virgolino, nascido aos quatro de junho do ano vigente filho legitimo de José Ferreira e de Maria Vieira da Soledade, deste freguesia, foram padrinhos Manuel Pedro Moraes e Maria José da Soledade. Do que mandei passar este termo suprassigne.

Lugar e Vigario Joaquim Antonio de Siqueira Torres.

Era in fide Parochi

Matriz de Floresta 10 de novembro 1967

PAROCO

Pe. Evaldo Betto, Vigario Geral

6

Várias pessoas acreditam que possa fechar o corpo contra certas agressões do mundo físico e Lampião dizia ter o corpo fechado para bala e faca. Em minhas pesquisas encontrei o ritual para fechamento de corpo utilizado pelos cangaceiro, ele está descrito no livro do americano Gregg Narber *Entre a cruz e a espada: violência e misticismo no Brasil rural*. Na página 156, encontramos:

Fechamento de corpo para CANGACEIRO

Pedro Cavalcanti dos santos cangaceiro velho dos anos de 1800. Morava na alto Sertão de Piancó fazia fechemento de corpo para cangaceiro, com sangue de três bodes; o primeiro branco e que só tivesse como sinal o bigode preto, o segundo vermelho com os chifres pretos e o bigode branco, o terceiro preto sem sinal nenhum, o 1º era pendurado em um pé de genipapo ainda vivo para ser sangrado em uma sexta-feira da paixão a meia noite em um lugar deserto o principiante ficava com o joelho esquerdo, ajoelhado no chão e a perna direita arcada para a frente, a boca aberta para cima esperando cair o os três primeiros goles de sangue do bode em sua boca e o resto o cliente tomava banho dali Pedro saia puxando pelas mãos do mesmo e lê com o rosto para traz até uma encruzilhada mandava ele dar 3 pulos e 7 berros e dali os dois se despediam, enquanto o bode ficava pendurado o local onde foi sangrado para os bichos comer, voltando para o segundo serviço da mesma maneira na última sexta-feira do mês, como do mesmo jeito o terceiro se o sujeito não suportas-se o terceiro trabalho, começava a ver assombração e morria louco correndo no deserto, três segundas feiras depois aquele que passa-se por este serviço de aprovação seguia mortalhado para uma cova em uma mata virgem, ficando deitado na cova 7 velas acezas ao seu redor rezava junto com Pedro a "Oração da Cabra Preta" sem que nenhum chama-se pelo nome do outro, para não ser rebatado pelo Diabo ao terminar a reza Pedro pulava de costa tres por cima do cliente e dali ia embora, e tres noites sem se mexer da cova suportando tudo isto voltava até a casa de Pedro aonde pagava os seu mestre sete vintém, recebia uma oração.

10

No livro de Oleone Coelho Fontes, *Lampião na Bahia*, na página 321, encontramos esta importante ligação de Lampião com o governador de Sergipe daquela época:

A amizade com a família Carvalho iria ser, no futuro, bastante proveitosa para Lampião. Em 1934, Eronildes foi eleito governador do estado de Sergipe e, em 1937, depois do golpe de estado de Getúlio Vargas, continuou como interventor federal. Ora, na condição de chefe do executivo sergipano, as possibilidades de o estado tomar providencias enérgicas contra o bando tornava-se bem remotas.
[...] Também é de se acreditar que Eronildes tenha usado de sua influencia política para impedir que a polícia movesse tenaz perseguição aos bandidos.

12

Clhandler, pesquisador norte americano escreve sobre o assunto no livro *Lampião o Rei dos Cangaceiros,* na página 70

Lampião, na verdade, estava ferido. Seu cavalo fora atingido, e ele mesmo levara um tiro no calcanhar (...) Armado só com uma pistola, lampião ficou sozinho (...) Os soldados que o procuravam, seguiram uma trilha de sangue, mas, depois de perdê-la, foram embora (...) A água e a comida que tinha consigo, se acabaram, e seu pé inchou, e começou a infeccionar. Tinha que se arrastar, pois num podia ficar em pé (...) Depois de doze dias, uma mulher passou por perto, e Lampião chamou-a. A princípio, ficou com medo, depois, com pena de vê-lo ferido, chamou seu marido, e os dois o ajudaram.

15

Vários pesquisadores mostram em suas obras que o tenente João Bezerra, da Polícia Militar de Alagoas, o mesmo que atacou o capitão lá em Angico, era também um homem que ganhava dinheiro com o cangaço, principalmente com Lampião veja alguns trechos:

a) No livro de Chandler, Billy Jaynes *Lampião o Rei dos Cangaceiros*, na página 245.

Havia também suspeitas de João Bezerra, um oficial alagoano, que comandava a tropa que eliminou Lampião; um coiteiro disse que Bezerra, também, vendia munição ao chefe dos cangaceiros.

b) No livro de Oleone Coelho Fontes, *Lampião na Bahia*, na página 322, escreve:

Dadá me garantiu como Bezerra não era apenas amigo de Lampião, mas amigo íntimo. Com o oficial alagoano tinha encontros permanentes, prosavam de modo descontraído e não foram poucas às vezes nos acampamentos que jogaram baralho, com aposta a dinheiro.

16

No livro *Assim Morreu Lampião* do pesquisador Antônio Amaury Correia de Araújo, o depoimento de Durval Rodrigues Rosa é claro, página 103.

Qui Jóca Bernardo quando atravesso eli, mais Né Correia i Erasmo Felix, quando atravesso eli, lá dibaxo di Entre-Montes pra cajuero. Eli num sabia, mais quando atravesso eli, Joça Bernado volto i foi dizê a Zé Lucena que eli sebia do destino di Lampião.

17

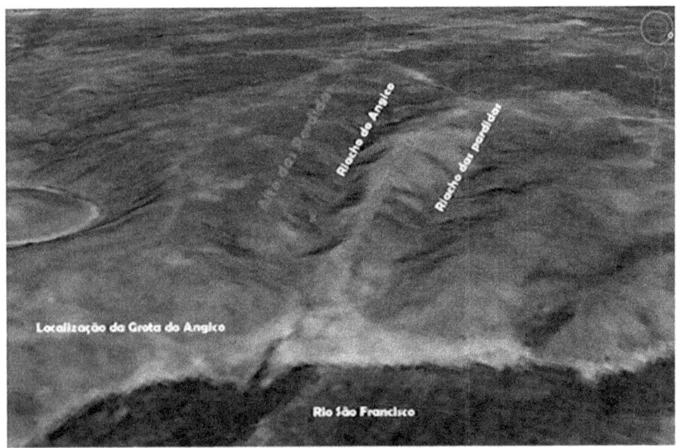

19

a) O escritor e pesquisador Oleone Coelho Fontes, mesmo não concordando com o que jornalista Joarez Conrado, publicou no jornal *A Tarde* nos dias 27,28 e 29 de maio de 1980, escreve o seguinte, na página 336 e 337 do seu livro *Lampião na Bahia*:

Juarez Conrado acredita que o conciliábulo que iria ser realizado em Angico, para o qual havia sido chamado todos os chefes de subgrupos, tinha imensa importância, o capitão Virgulino Ferreira da Silva, cansado de guerra, com 41 anos de idade, mais da metade dos quais dedicados à delinqüência, iria comunicar a sua renuncia à chefia geral e provavelmente apontar o sucessor.

b) José Anderson Nascimento, no livro *"Cangaceiros, Coiteros e Volantes"*, na Página 273 escreve:

O bando de Lampião estava, em 21 de julho de 1938, quase todo reunido na grota de Angicos. Só faltava Corisco e seu pessoal, que rondavam pelo estado de Alagoas e Ângelo Roque que ainda não tinha chegado. Falava-se que o objetivo da reunião era o de estudar as probabilidades de um ataque a Propriá, importante cidade ribeirinha de Sergipe.

c) Bismark Martins de Oliveira no seu livro *"O Cangaceirismo no Nordeste"* na página 301, diz:

O motivo da estada de Lampião em Angicos era uma reunião que estava marcada com todos os subgrupos, o de Corisco, o de Zé Sereno e o de Luis Pedro, com o objetivo de planejar uma ação conjunta com a finalidade de emboscar Zé Rufino, que segundo Lampião "estava passando de pato a ganso".

d) O escritor norte-americano Billy Jaynes Chandler, no livro *"Lampião, o Rei dos Cangaceiros"*, página 288.

Lampião tinha ido a Angicos para arranjar um encontro entre os vários grupos que operavam sob seu comando. A finalidade da reunião já foi bastante discutida. Mas talvez fosse simplesmente o fato que o capitão tinha necessidade, de vez em quanto, de ver seus bandos, e esta era uma dessas ocasiões.

25

Veja como Durval Rodrigues Rosa relata ao pesquisador Antonio Amaury Correia de Araújo, no livro *Assim Morreu Lampião*, páginas 99 e 100 o encontro com o cangaceiro. Repare que na linha 5 do deste depoimento Durval diz: "acho qui era Zé Sereno". Ele acha! Não afirma! Na linha 6, o cangaceiro pergunta: "quem é você ?", logo eles não se conheciam por isso ele confundiu Luis Pedro com Zé Sereno.

Eu vinha viajando com um gado, que eu matava boi ai na fazenda Angico, i di tardi quando vinho descendo, eu i outro vaquero, quando o gado "viu" elis, qui o gado "senti", tem faro i si ispalhou.
Eu vinha vinha pra casa quando tinha um cangacero, qui por pur sinal acho qui era Zé Sereno, qui si encontrou cumigo i disse:
— Quem é você?
Eu respodi i eli falo:
— Certo, U capitão disse qui você chegassi até lá.
— qui capitão?
— U capitão Lampião.[...]
[...] Consegui ainda juntá uns dois ou três bois. Os outros num pude conseguir. Eu tinha comprado us boi di Antonho José, um tio meu da fazenda Santa Cruz.

Este encontro, que Durval Rodrigues Rosa teve com o cangaceiro Luis Pedro, teve bastante importância em toda história, porque após o mesmo, ele ficou com muita raiva. O jovem Durval de apenas 18 anos vinha tangendo o gado, que tinha comprado, para abater e vender na feira.

Com a chegada de Luis Pedro ele viu os bichos entrarem caatinga adentro, provocando com isto, um grande prejuízo, para Durval.

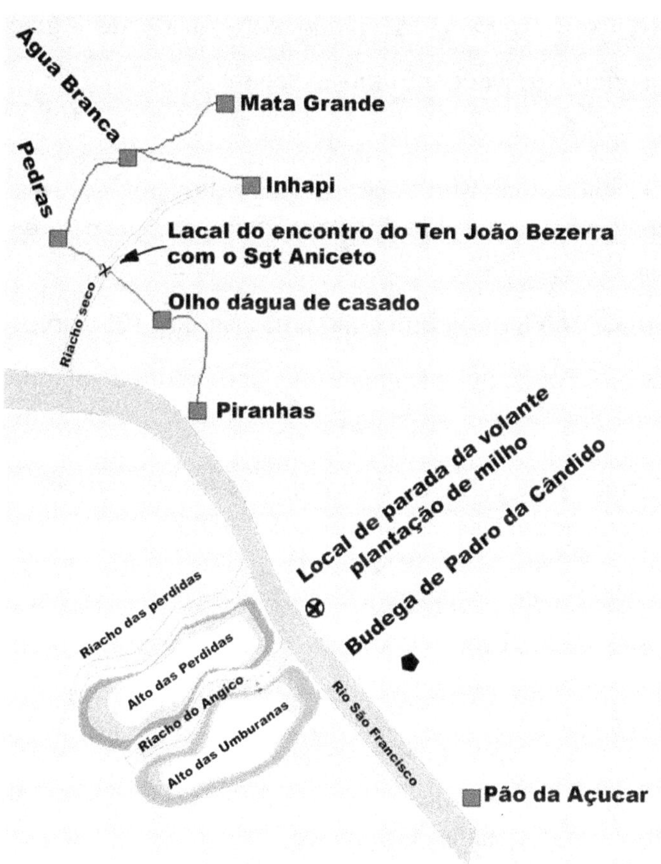

36

A confirmação da história do ex-soldado Galeão, sobre o veneno, eu encontrei neste três livros:

a) No livro *Lampião, Cangaço e Nordeste* de Aglae Lima de Oliveira na página 339 encontramos o segunte:

"Admite-se também, que existia um plano de envenenamento previamente estudado e difícilimo de suspeita, por parte de Lampião."

c) No mesmo livro acima citado, na página 112, o autor entrevista o ex-cangaceiro Balão que estava em Angico no dia do ataque:

"Lembrei-me então da dúvida levantada sobre o fato das bebidas terem sido envenenadas ou não e perguntei:
— E a bebida, estava envenenada?
— Bem, era o cinzano.
— Alguém bebeu?
— Não, nu cinzano ninguém tocô nessa noite. Bebemo pinga, zinebra e cunhaqui.
— E como souberam do cinzano envenenado?
— Adispois du tiroteio foi qui Zé Sereno falô qui u cinzano tava invenenado. A tampa tava furada."

44

Toda frieza de Durval Rodrigues Rosa, um rapaz de apenas 18 anos na época, foi relatada na página 109 do livro *Assim Morreu Lampião*, do escritor Antônio Amaury Corrêa de Araújo, quando ele deu uma longa entrevista ao pesquisador e disse que depois de assistir a carnificina que foi a decapitação de várias pessoas, ele pegou uma melancia e saiu chupando e ainda fez uma brincadeira, assustando o seu irmão Pedro de Candido, leia:

"Mas quando o Bida me avisou prá corrê eu corri, lá prá Forquilha, la tinha um rancho. Eu peguei uma melância i saí chupando prá baxo até qui cheguei im casa.

Pedro, u meu irmão achava qui eu num vinha mais i tinha contado a história prá família; qui foi quando elis soubi que eu tinha ido pra lá, ondi tava os cangacero.

Tava um choro danado di mãe, das irmã...

Tinham soltado todo gado do curral, os bezerro, as vaca, qui eu tirava leiti.

Tava aquela bagacera.

Até o Pedro tava chorando também. Ele pensava qui nessa altura eu tinha morrido também, i qui eli só escapara porque correra logo. Quando eu cheguei, Pedro ia saindo i eu fiz um susto a eli:

— Ouuuuuuu.

Eli espantou-si i dissi:

— Mas homi! Você inda vem fazendo isso!?!

Eu falei:

— Vamo saí daqui. Tirá essa famia daqui qui lá o pau quebrô, viu Pedro?

Como foi?

— Morreu Lampião, morreu Maria Bonita, morreu Luiz Pedro, morreu Elétrico i morreu rapaiz qui eu num sei do nomi. Lá morreu uma porção di genti."

45

Depois do ataque, Zé sereno disse que tinha visto as bebidas envenenadas e disse também que tinha avisado a Lampião, veja o que escreve o escritor Antonio Amaury Correia de Araújo do seu livro *Assim Morreu Lampião* nas páginas 21 e 22.

"Depois Zé Sereno foi vistoriar as compras. Pegou uma garrafa de conhaque e viu, quase imperceptível, um furinho no selo, feito por uma agulha hipodérmica. Veneno!

Levou a garrafa à lampião e disse:

— Seu capitão o sinhô é cego di uma vista mais cum a outra inxerga até dimais, olha pra qui. Mostrou o furo onde tinham injetado o veneno.

— É mesmo, disse Lampião.i o resto das incumenda?

Tá tudo invenenedo, menos a cachaça qui Pedro sabia qui ia te di prová, respondeu Sereno, e continuou:

— É bom nóis saí daqui si não nóis vamu sê cubertu di bala.

— Amanhã cedo nóis sai, disse Lampião.

— sai é, nóis sai é cum bala, retrucou sereno."

O escritor Alcino Alves Costa no seu livro *Lampião Além da Versão mentiras e mistérios de angico*, na página 431 nos dá sua opinião sobre o depoimento de Zé Sereno.

"Não se pode acreditar que um guerreiro como Lampião, recebesse um aviso desse, de tão enorme gravidade, e não tomasse nenhuma providencia.

[...]

São impressionantes as declarações de Zé Sereno

Será que esse diálogo realmente aconteceu?

Eu, pessoalmente, não posso acreditar que algo dessa natureza pudesse ocorrer. Ainda mais com um homem da experiência e sutileza

de Virgulino. Não. Uma anormalidade dessa não pode ter acontecido sem que ele tomasse sérias atitudes e ainda mais, se deixar cair, como um patinho em uma armadilha mortal, que lhe custou à vida.
[...]
Esse depoimento não pode ser verdadeiro. Nele ninguém tem o direito de acreditar. Positivamente, Zé Sereno estava mentindo quando testemunhou tamanha anormalidade."

47

Veja o que diz o próprio Durval Rodrigues rosa a Araury Corrêa de Araújo no livro *Assim Morreu Lampião,* na página 103.

Chico Ferreira intão dissi:
— Qui tal?
Juão Bizerra respondeu:
— Cumpadri num si meta no negocio. Deixe cumigo.
Eli dissi:
— Coitero, leva minha metralhadora.
Ele não podia si pô em pé mesmo. Era só caindo
Eu levei a metralhadora deli cum bornal, com tudo.
[...]
Muitos soldados estavam puxando fogo. Quase todo mundo puxando fogo.

48

Orações para os moribundos

"Senhor meu Jesus Cristo, pela vossa santíssima agonia e oração que por nós fizestes no Horto das Oliveiras, quando suastes sangue copioso que chegou a correr pela terra, humildemente Vos peço que

Vos digneis mostrar e oferecer a vosso Eterno Pai a abundância do vosso suor de sangue que, aflito e angustiado, derramaste por nós e por este vosso (esta vossa serva); e livrai-o(a) nesta hora de sua morte de todas as penas e angústias que pelo seus pecados tem merecido, Vós que com o Padre e o Espírito Santo viveis e reinais, Deus, por todos os séculos dos séculos. Amém."

51

Outro mistério que existia até hoje é se Lampião respondeu ou não ao ataque da volante do tenente João Bezerra. Existem duas versões para o caso:

a) a primeira que ele recebeu um tiro certeiro e caiu sem vida.

Veja depoimento de Durval Rodrigues Rosa ao pesquisador Antonio Amaury Corrêa de Araújo, escreveu no livro, *Assim Morreu Lampião*, na página 106 e veja como ele incrimina o irmão Pedro de Cândido:

"O Pedro não conhecia bem o local, qui quando eli levantou-si, Lampião já ia si levantando i Pedro abaixou-si i disse:
— Lampião!
Um soldado, Noratinho, botou o fuzil mais Chico Ferreira levantou o fuzil, num deixou atirar.
O soldado ficou com vontadi di atirá.
Nisso lampião pegô uma caneca, levou numa lata d'água quando foi levando na boca, Noratinho num atendeu mais ninguém, levantou o fuzil i foi tá.
A bala acertô bem na covinha da basi do pescoço. Um tiro só. Eu vi eli morto, com um tiro só aqui.

Num chegô a pegá im fuzil, im mosquetão, im nada.
Quando Noratinho atiro os cangacero responderam di uma veiz
Uoooopi. Tiro como a pesti."

b) A segunda é que o capitão respondeu ao ataque.

Vejamos agora o depoimento do cangaceiro Pitombeira que pode
ser encontrado no livro, *Lampião Além da Versão, mentiras e mistérios
de angico*, do escritor Alcino Alves Costa, na página 429.

"O que diz pitombeira:
... Quando menos esperamos o mundo caiu em cima de nóis. Ums
ainda dormiam e outros já estavam acordados. Eu tava bem ao lado
da barraca de Lampião, Nesse tempo eu tava trabaiando no seu grupo"
"O capitão brigou. Essa cunversa dele num ter brigado é pura mentira.
Ele brigou. Descarregou dois pentes de sua arma. Viu que a coisa era
preta, tratou de se equipar para fugir."

52

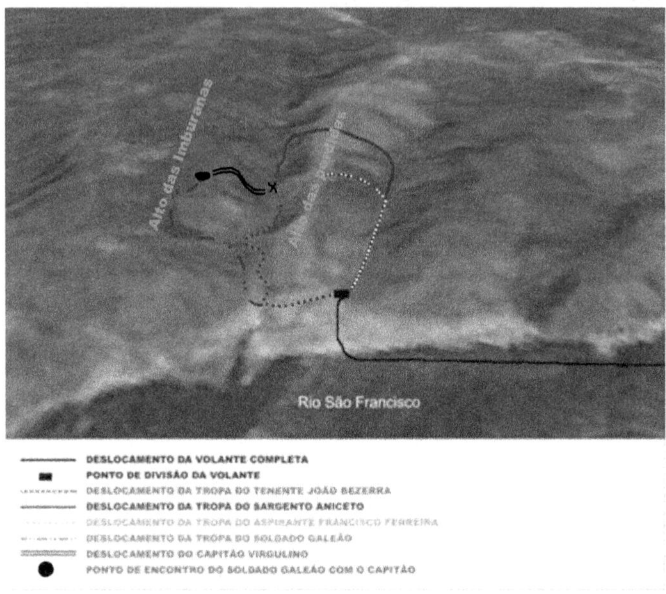

54

Declaração do soldado Antônio Jacó, na página 121, no livro *Assim Morreu Lampião*, de Antônio Amaury Corrêa de Araújo:

"Tirei 31 alianças qui eli tinha enfiado num lenço. Até nus cabelo ele tinha anéis.

Luis Pedo era um cangacêro rico!

Em todos os dedos das mãos tinha anéis.

Eu quiz tirá mais num deu.

Peguei a faca e cortei as mão na altura du pulso e coloquei-as nu meu bornal."

55

No livro *Assim Morreu Lampião*, na pagina 108, de Antônio Amaury Corrêa de Araújo temos uma declaração de Durval Rodrigues Rosa mostra, que mostra que nem mesmo um soldado experiente como Antônio Jacó, sabia qual dos cangaceiros era Lampião e chega ao ponto de confundir Luis Pedro com Lampião:

> "Chico Ferreira grito:
> — Ô soldado, dexa u cangacero aí!
> Antonho Jacó olhou assim i falô:
> — O cangacero aqui é meu! I é Lampião (ele num sabia, vendo tanto ouro, tanto dinheiro, pensou qui era Lampião) incosta um corno ai prá eu atirá também.
> Aqui num entra ninguém. Quem matou fui eu. Quem deu tiro fui eu, quem levo tiro fui eu. Num entra ninguem. Quem entrá aqui morre. Quem tira aqui é Antonho Jacó.
> E tirou tudo mesmo!
> Anéis, dinheiro, ouro.
> Nisso o cabo Bida vinha si aproximando i mi dissi:
> — Agora quando você tivé uma escapula, corra. Que cangacero acabou-si, mais sordado vai brigá. Vai tê tanto dinhero aí dessis cangacero qui o pau num vai escapá. Os sordado vão brigá. Vai se otra briga dos diabo."

57

Declarou de Antônio Jacó no livro de Antônio Amaury Corrêa de Araújo, *Assim Morreu Lampião*, na página 121: Repare que João Bezerra chega atrasado ao tiroteio e pede socorro aos soldados.

> "– Antonho Jacó, Mané Veio, num mi dexi qui eu tô baliado.

Eli tava pertinho e eu lhe respondi:

– Eu num posso i aí. Guenti ai tenenti!

Porque?

Eu tava interessado é nus oro qui tava tirando di Luiz Pedo.

I Juão Bizerra repetia:

– Antonho Jacó, mi ajudi, venha, mi ajudi; venha qui us cangacêro vem descendo.

Mas na realidade não eram os cangacêro qui atacavam. Era Juvêncio, com seus homens, qui avançava, da posição que tomara no inicio da luta. Vinha do alto du riacho.

[...] Mais nessa hora Juão Bizerra gritava:

– Antonho Jacó, pelo amôr di Deus num dexi us cangacero mi matá! Achei qui era covardia di num ajudá eli i deixei tudo. Fui subindo pro alto assim di vagarinho pro lado deli. Nisso eu vi uma cabeça assim i mi preparei pra atirá quando eli si apresentasse.

Quando se apresento vi qui era nosso companhero Otacilio i eli gritô:

– È cumpanhero, é cumpanhero."

58

As cabeças dos cangaceiros chegaram a Maceió em adiantado estado de decomposição. Leia o que o pesquisador americano, Billy Jaynes Chandler em seu livro *Lampião o Rei dos Cangaceiros, na página 297.*

"Depois do massacre de Angicos, o interesse da região se fixou nas cabeças. Enquanto estavam sendo exibidas em Piranhas, já tinham sido requisitadas pelas autoridades de Maceió. Quando chegaram à capital, já estavam em adiantado estado de decomposição [...]."

c) Fotos das cabeças na escada da prefeitura de Piranhas em Alagoas

d) Os exames realizados pelos peritos foram prejudicados devido ao estado de decomposição, como foi colocado no laudo médico do exame da cabeça do suposto Lampião. Leia a transcrição, na íntegra, do laudo médico que, depois de muita pesquisa, encontrei no livro, *Quem Foi Lampião,* do importante pesquisador, Frederico Pernambucano de Melo, nas páginas 149 e 150,

Infelizmente o estado em que a cabeça chegou á morgue não permite um estudo acurado e minuciosa à luz da entropometria criminal a da anatomia, pois atingida por um projétil de arma de fogo que atravessou o crânio saindo na região occipital, fraturando o mandibular, o frontal, o parietal direito, o temporal direito e os ossos da base que ficaram reduzidos a múltiplos fragmentos. Todavia, podemos traçar-lhe o perfil antropológico: Pele pardo-amarelada, podendo-se classificá-lo como pertencente ao grupo dos << brasilianos xanthodermos>>, da classificação de Roquette Pinto: testa fugidia, cabelos negros, longos e arrumados em tranças pendentes; barba e bigode por fazer, de pelos lisos negros e falhos Donicocéfalo contrastando com os outros indivíduos do seu grupo étnico, em geral braquicéfalos. O perímetro cefálico é igual a 57 milímetros. Diâmetro transversal máximo atinge a 150 milímetros. Índice cefálico 75, sua face é de tamanho relativamente reduzido, impressionando a primeira observação as dimensões do mandibolar pequeno e com os ramos horizontais a formar um ângulo reto, no encontro dos ramos ascendentes, correspondentes. Assim. É o cumprimento total do rosto 175 milímetros, o comprimento total da face de 130 milímetros, o comprimento simples da face de 85 milímetros, o diâmetro do zigomático ou transverso máximo da face, de 160 milímetros, índice facial da boca 53, 12. nariz reto, de ápice grosso e rombo, guardando ao dorso a impressão dos óculos, com altura máxima de 50milímetros e largura máxima de 37 milímetros. O índice nasal transverso 64 milímetros, uma mesorrínia franca, lábios finos. Largura da boca 57 milímetros. Abóbada palatina ogival, dentes pequenos podendo-se enquadrá-los no grupo dos microdontias; orelhas assimétricas, havendo desigualdade manifesta na desenvolvimento das partes similares (orelha de Blainville). O comprimento da orelha direita alcança sessenta e cinco milímetros. A largura da orelha direita é de 40 milímetros. Comprimento da orelha esquerda 53 milímetros. A largura da orelha esquerda é de 40 milímetros. Índice auricular de *Topinard,* tendo-se em conta as dimensões da orelha direita de 65 milímetros. Na face há visível, na região massenterina direita, uma pigmentação escura arredondada, medindo três milímetros de diâmetro, em nevus congênito. O olho direito apresenta um leucoma, atingindo toda a córnea. Em resumo; embora presentes alguns estigmas físicos na cabeça de Lampião, não surpreendi um paralelismo rigoroso entre os caracteres somáticos de degenerescência revelados pela mesma e a figura mortal do bandido. Assim, apenas verifiquei como índices físicos de degenerescência as anomalias das orelhas, denunciadas por uma assimetria chocante, a abóbada palatina ogival e a microdontia. Faltam as deformações cranianas, o prognatismo das maxilas e outros sinais aos quais Lombroso tanta importância emprestava para a caracterização do criminoso nato. Todavia, nem por isso os dados anatômicos e antropométricos assinalados perdem sua valia pelas sugestões que oferecem na apreciação da natureza delinqüente de Lampião.

Fonte: Serviço Médico-Legal do Estado de Alagoas, Maceió, sendo autor o Dr. Jose Lages Filho e a perícia procedida, pelo menos, 4 dias após o óbito do periciado, Cortesia do Dr. Duda Calado, ex-diretor do serviço aludido, 1985.

61

Fizeram dois inventários das coisas encontradas com o suposto Lampião. No primeiro, treze dias após do ataque, não aparecem os óculos do capitão; Já no segundo inventário, feito três meses depois, os óculos aparecem milagrosamente. Por que dois inventários com datas diferentes? Por que no segundo inventário aparecem coisas que não estavam no primeiro?

O primeiro está no livro de Antônio Amaury Corrêa de Araújo, *Assim Morreu Lampião*, páginas 36,37 e 38.

a) Primeiro inventário

"Oficialmente foram entregues ao Quartel da Polícia Militar em Maceió os seguntes objetos pertencentes a Lampião.
CHAPÉU – De couro, tipo sertanejo. Ornado em alto relevo em suas abas, com seis sinos Salomão; barbicacho de couro, com 46 centímetros de comprimento e ornado em ambos os lados com cincoenta e cinco (55) peças de ouro, de confecção variadas, como sejambotões para colarinho, para punhos e cartões de visita, com variadas inscrições, como – "saudades"; "recordação"; "Lembrança" e "Amizade", e em algumas um "P" como inicial em outro "C.L.", e mais três anéis, sendo um com pedra verde, outro uma aliança e o

terceiro um de identidade gravado o nome "Santinha"; testeira de couro, com quatro centímetro de largura e vinte e dois centímetro de comprimento, onde estão afixadas as seguintes moedas e medalhas – duas com a gravação "Deus te guie", "duas libras esterlinas", "uma moeda brasileira" de ouro, com a efíge de "Petrus II", de 1.855, e ainda duas brasileiras de ouro, respectivamente de 1.776 de 1.802; barbicacho traseiro de couro, com as mesmas dimenções da testeira e orlado com as seguintes peças de ouro; – duas medalhas com a inscrião da palavra "Amor" e uma com a mesma inscrição e um brilhante pequeno e quatro outro de desenhos diferentes.

MOSQUETÃO – Mauzer modelo 1.908, dos usados no Exercito nacional, em perfeito estado de conservação, número 314, série, B, com bandoleira enfeitada com 7 escudos de prata, inclusive uma gravada com uma estrela; uma moeda de prata do Império, no valor de mil réis e vinte e cinco ilhoses brancos, contendo um reforço de alumínio reforçando a segurança da telha que está partida.

FACA – de folha de aço, com sessenta e sete centímetros de comprimentos de dimensão, com cabo e terço de níquel, adornado o cabo com três anéis de ouro, notando-se na lâmina uma mossa produzida naturalmente por bala; bainha toda de níquel. Com forro interno de couro notando-se também na parte superior estrago produzido por bala.

CARTUCHEIRA – De couro, com enfeite de costumes da caatinga, com capacidade para cento e vinte e um cartuchos para fuzil mauzer ou mosquetão, com um apito de metal amarelo, preso a uma corrente de prata – notando-se na altura do peito esquerdo, um orifício produzido por bala de fizil.

BORNAIS – Um jogo bordado a máquina, com linhas de várias cores e perfeito acabamento, tendo no fecho de um, dois botões de ouro e prata e no outro apenas de prata, encontrando-se no respectivo suspensório, nove botões de prata e ainda apenso a um dos bornais uma caixa de folha de flandre, coberta do mesmo pano dosbornais, bambem bordado a máquina; ainda um bornal de brim azul mescla bastante usado, próprio para mantinentos, tendo como referência o ano de 1937 e as seguintes iniciais: C.V.F.S.L., tudo cordado a máquina.

LENÇO – De seda vermelha, com bordados simples, apenas em três ângulos, notando-se no quarto, apenas o risco.

PISTOLA PARABELUM – De nove milímetro, número noventa e sete, tipo fabricação do ano de 1918, com bainha de verniz preto, demostrando bastante uso.

Um par de alpercatas tipo sertanojo demonstrando boa confecção e acabamento; uma platina de fazenda azul com três galões; um par de luvas de pano bordado; duas cobertas de chita forradas. Do que para constar e para fins de direito, lavrou-se o presente termo de inventário, em duas vias, datilografadas, que vai assinado neste quartel, pelos representantes do jornal "A NOITE" do Rio de Janeiro, e as duas testemunhas abaixo. Quartel em Maceió. 9 de agosto de 1.938."

b) O segundo, no livro de Frederico Pernambucano de Melo, *Quem Foi Lampião*, páginas 147 e 148.

"Objetos de Lampião arrecadados por morte e oficialmente declarados:

REGIMENTO DE POLÍCIA MILITAR

Inventário dos objetos apreendidos, pertencentes ao famigerado << Lampeão>>:

CHAPÉU: De couro, tipo sertanejo ornado em alto relevo em suas abas, com seis signos de Salomão; babircacho – de couro, com 46 centímetros de comprimento e ornado em ambos os lados com cincoenta e cinco (55) peças de ouro, de confecção variadas, como sejam: botões para colarinho, para punho e cartões tipo visita. Com variadas inscrições, como: SAUDADE, RECORDAÇÕES, LEMBRAÇA e AMIZADE, e em alumas, um   << P>> côo inicial e em outros <<C.L>>, e mais três anéis, sendo um com pedra verde, outro uma aliança e o terceiro, um de identidade gravado o nome <<SANTINHA>>; testeira – De couro com quatro centímetros de largura e vinte e dois centímetros de comprimento, onde estão afixadas as seguintes moedas e medalhas: duas coma gravação <<DEUS TE GUIE>>, duas libras esterlinas, uma moeda brasileira com a efígie de <<PEDRO II>>, DE 1885, e ainda duas brasileira de ouro, respectivamente de 1776 e 1802; babircacho traseiro – de couro, com as mesmas dimensões de testeira ornado com as seguintes peças de ouro: duas medalhas com inscrições da palavra <<AMOR>> e uma com a mesma inscrição e um brilhante pequeno e quatro outros de desenhos diferentes.

MOSQUETÃO – Mauser, modelo 1908, dos usados no Exército Nacional, em perfeito estado de conservação , nº 314, serie B, com bandoleira enfeitada com 7 escudos de prata, inclusiveuma gravavda com uma estrela; uma moeda de prata do império de mil réis, e 25 ilhoses brancos, contendo um reforço de alumínio reforçando a segurança da telha que está partida.

FACA – De folha de aço, com 67 centímetros de dimensão, com cabo e terço de níquel, adornado o cabo, com três anéis de ouro, notando-se na lâmina, uma mossa produzida naturalmente por bala; bainha toda de níquel, com forro interno de couro, notando-se também na parte superior o estrago produzido por bala.

CARTUCHEIRA – De couro, com enfeites dos costumes d caatinga, com capacidade para 121 cartuchos para fuzil Mauser ou mosquetão, com um apito de metal amarelo preso a uma corrente de prata, notando-se à altura do do peito squerdo um orifício originado por bala de fuzil.

BORNAIS – Um jogo bordado a máquina com linhas de várias cores e perfeito acabamento, tendo no fecho de um dos dois botões de ouro e prata e no outro apenas botões de prata, encontrando-se nos respectivos sspensórios, nove botões de prata e ainda apenso a um dos bornais uma caixa de folha de flendre, coberta do mesmo pano dos bornais, também bordado a máquina; ainda um bornal de brim azul mescla, bastante uado, próprio para mantimentos, tendo como referência o ano de 1937 e as seguintes iniciais <<C.V.F.S.L.>> - tudo bordado a máquina.

LENÇO – De seda vermelha, com bordado simples, apenas em três ângulos notando-se no quarto, apenas um risco.

PISTOLA PARABELUM – De nove milímetros, n° 97, tipo fabricação do ano 1918, com bainha de verniz preto, demonstrando bastante uso.

ALPERCATAS – Um par tipo sertanejo demonstrando boa confecção e acabamento.

PLATINA – Uma fazenda azul com três galões.

LUVAS – Um par, de pano bordado.

COBERTAS – Duas de chita, forradas.

CANTIL – De alumínio revertido de pano bordado em alto relevo.

ALIANÇA – Uma de ouro com a inscrição <<Capitão Lampião>>, na parte interna.

ANEL – Um de ouro com as iniciais na parte exterior: << C.V.L.>>

ÓCULOS – Um com vidros escuros e aros de ouro.

ORAÇÕES – Um pacote contendo várias.

Do que, pra constar, eu Messias Ferreira da Silva, Aspirante a Oficial, respondendo pelo ajudante do Regimento, datilografei o presente, em duas vias, assinadas pelo Cel Comandante do Regimento, para os fins de direito.

Quartel de regimento, em Maceió.
26 de novembro de 1938

Cel. T. Camargo Nascimento
COMANDANTE"

62

A caverna do Chico realmente existe e Lampião tinha conhecimento disso. Veja um croqui, que alguns pesquisadores afirmam que foi feito pelo próprio Lampião, nele encontramos em destaque (entre aspas) o nome Serra do Chico.

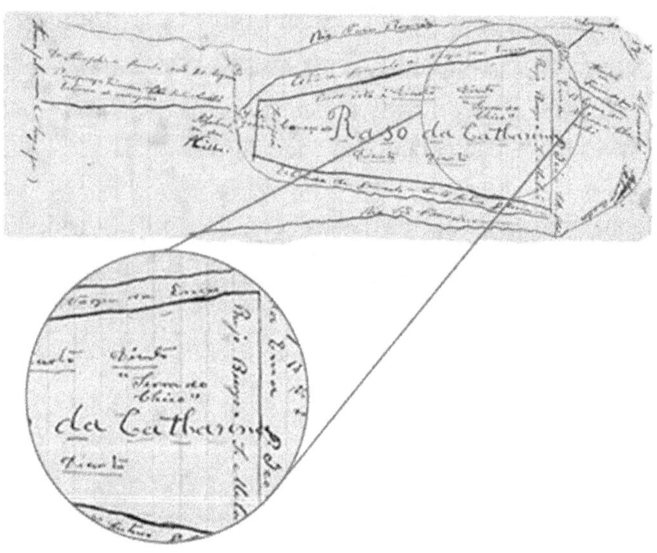

63

Outras grandes contribuições que eu encontrei, sobre urubus mortos no coito de Angicos, foram nas obras abaixo:

a) No livro *Lampião e Suas Façanhas* do incansável pesquisador e escritor Bezerra e Silva na página 214.

"O advogado criminalista, Sr. Wandenkolk Wanderley, foi ao local do ataque, nas grotas dos Angicos, verificar in-loco e constatou, segundo afirmou numa entrevista ao Jornal de Alagoas, ter sido o coitero Pedro Candido, cuja afirmação foi objeto de reportagem do jornalista Severino Barbosa. Afirma o criminalista que "viu com seus próprios olhos" vários urubus mortos, que tinham comido as vísceras dos bandidos; que não houve luta, esta foi simulada, apenas houve a decapitação."

b) Já no excelente livro *Lampião, Cangaço e Nordeste* de Aglae Lima de Oliveira, na página 340, encontrei o seguinte:

"O argumento dos urubus mortos traz luz para a tese do envenenamento."

c) O grande pesquisador Luis Luna em seu livro *Lampião e Sues Cabras*, na página 141, escreve:

"Em abono do envenenamento, informa ainda Ulisses Lins a existência no local de urubus mortos por terem comido as vísceras envenenadas dos cangaceiros."

64

Morreram doze pessoas na chacina de Angico: um soldado e onze cangaceiros. Vários pesquisadores tentaram esclarecer este mistério através de incansáveis entrevistas, buscas, viagens, etc. Quando se trata dos nomes dos que morreram naquela madrugada, só seis são unanimidade : **Lampião, Maria Bonita, Luis Pedro, Mergulhão, Elétrico e Enedina,** o resto é pura especulação.

a) Uma das observações mais importantes sobre os que morreram em Angico foi feita pelo escritor e pesquisador Antonio Amaury Corrêa de Araújo em seu livro, *Assim Morreu Lampião*, na página 34:

> "Até hoje não se sabe ao certo o nome de todos que tombaram em Angicos.
> Davam: Ângelo Roque, Caixa de fósforo e Candieiro como mortos ali e com Pintombeira tivemos trem entrevistas, os outros dois ainda vivem."

b) Nos trabalhos dos diversos escritores e estudiosos do cangaço a que tive acesso, encontrei vinte nomes para as cabeças na foto dos onze cangaceiros na escada da Prefeitura de Piranhas:

Lampião

Maria Bonita

Luis Pedro

Elétrico

Mergulhão

Enedina

Quinta-feira

Candeeiro

Caixa de fósforos

Diferente

Cajarana

Tempestade

Alecrin

Marcela

Pitombeira

Colchete

Moeda

Tempo Duro

Labareda

Cão Coxo

69

Transcrevo abaixo alguns trechos dos livros de grandes pesquisadores na área:

a) Ranulfo Prata, em seu livro *Lampião,* página 29, nos diz que o ferimento foi na perna esquerda.

"Na perna esquerda, cicatriz de bala recebida nos sertões de Pernambuco, em combate com o major Theophanes, que, por sua vez, foi atingido por um tiro que lhe rasgou na face larga deformidade."

b) Frederico Pernambucano de Melo, também incansável pesquisador da saga de Lampião, nos fala em seu livro *Quem Foi Lampião*, na página 42.

[...] e pela caminhada em movimento pendular lateral, o pé direito precisando ser sacudido para a frente por conta de ferimento a bala que retira do órgão a função recuperadora ainda na fase inicial das aventuras.

c) No livro *Cangaceiros, Coiteiros e Volantes,* do importante historiador sergipano, José Anderson Nascimento, que na página 46 ele afirma que o ferimento é no calcanhar esquerdo e na página seguinte, a 47, ele mostra, em um diálogo de Lampião com uma mulher, que o ferimento é no pé direito, veja.

Na página 46

"[...] Deparou-se-lhe, aí, a forte volante do major Teófanes Ferraz Torres, famoso caçador de cangaceiros, o qual dez anos antes, em 1914, capturou o não menos famoso Antônio Silvino que cumpriu pena na cadeia do Recife.
Os cangaceiros achavam-se cansados e com pouca munição. O combate desenrolou-se em condições favoráveis para a volante, composta de homens destemidos, alguns alagoanos e outros nazarenos contratados. Durante o encarniçado tiroteio os bandidos trocaram fogo na caatinga, fazendo uma nuvem de fumaça, que os possibilitou fugir em várias direções, como era de costume em ocasiões semelhantes, objetivando confundir os seus perseguidores. Lampião foi atingido por uma bala de grosso calibre no calcanhar do pé esquerdo. Manquejando, procurou um refúgio."

Na página 47:

"Zefa, que ia para a fonte com um pote, ficou perplexa. Assustada, receou em atender aquele estranho indivíduo. Com a roupa em farrapos, cheio de bornais e com chapéu quebrado, todo enfeitado de ouro e prata. Encorajou-se, indagou:

— Quem é ocê? É cangacêro ou da volante?

Virgulino respondeu:

— Sou cangacêro. Mi chamam de Lampião.

Zefa teve um frenesi. Sobressaltada, deixou cair o pote e acudiu às pressas o temido cangaceiro. Piedosa, perguntou:

— Vosmicê tá muito ferido, num tá?

— Sim, tô baliado no pé direito e a perna tá ficcionada. Tá inxada. Num ta veno. Nem posso andá...

— Vige Maria , pere aí que eu vou chamá Gonçalo, meu marido.

— Vá , vorte logo, pois eu tô precisano de auxílio — completou Lampião."

BIBLIOGRAFIA

ARAÚJO, Antonio Amaury Corrêa de. *Assim Morreu Lampião,* Santos, Traço, 1982, 3ª ed.

ALMEIDA, Érico de. *Lampeão sua história*, João Pessoa, Editora Universitária, 1996.

ALMEIDA, Horácio de. *Dicionário Popular Paraibano*, Campina Grande, Grafset, 1985 2ª ed.

LINS, Daniel. *Lampião o homem que amava as mulheres*, São Paulo, Annablume, 1997.

LUCENA, Piragibe de. *Lampião Lendas e Fatos*, João Pessoa, 1995.

COSTA, Alcino Alves. Lampião Além da Versão - Mentira e mistérios de Angico,Sergipe, 2002, 2ª ed.

CONRRADO, Juarez. *A Última Semana de Lampião*, Sergipe, SEEC, 1983.

CHANDLER, Billy Jaynes. *Lampião o Rei dos Cangaceiros*, Rio de Janeiro, Paz e Terra, 2003, 4ª ed.

LUNA, Luis. *Lampião e Seus Cabras*, São Paulo, Livros de Mundo Inteiro, 1972, 2ª ed.

FERREIRA, Vera. *O Espinho do Quipá: Lampião, a História*, Oficina Cultural Mônica Buomfiglio, 1997.

FOCÓ, Rui. *Cangaceiros e Fanáticos*, Rio, Civilização Brasileira, 1972, 2ª ed.

FONTES, Oleone Coelho. *Lampião na Bahia*, Petrópolis, Vozes, 1998, 4ª ed.

MACIEL, Frederico Bezerra, *Lampião seu tempo e seu reinado* V 4, Recife, Imp Universitária, 1979.

MELLO, Frederico Pernambucano de. *Quem foi lampião*, Recife, Stahli, 1993.

MELLO, Frederico Pernambucano de. *Guerreiros de Sol: O banditismo no nordeste do Brasil*, Recife, fundação Joaquim Nabuco, Massagana, 1985.

NASCIMENTO, José Anderson. *Cangaceiros, Coiteros e Volantes*, São Paulo, Ícone, 1998,

NARBER, Gregg. Entre a cruz e a espada: violência e misticismo no Brasil rural.São Paulo, Terceiro Nome, 2003.

OLIVEIRA, Aglae Lima de. *Lampião, Cangaço e Nordeste*, Rio, Edições o cruzeiro, 1970, 3ª ed.

OLIVEIRA, Bismark Martins de. *O Cangaceirismo no Nordeste*, João Pessoa, Pontual, 2002, 2ª ed.

PONTES, Antônio Barroso. *Cangaceirismo do Nordeste*, Rio de janeiro, 1973.

PRATA, Ranunfo. *Lampião*, São Paulo, Traço, s/d.

SOUZA, Ilda Ribeiro de. *Angicos eu sobrevevi: confissões de uma guerreira do cangaço*, serie Grandes mulheres, oficina cultural Mônica Buomfiglio

SILVA, Bezerra e. *Lampião e suas façanhas*, Maceió, Serviços gráficos de Alagoas, 1982, 4ª ed.